JN101313

ルターの蚤

著　E.W. Heine
訳　佐藤惠三

E. W. Heine
Luthers Floh

東京図書出版

章分けの飾りシルエット：原作者による

ここに書かれている史話は
われわれの史書に書かれているすべてと同じく、
まさに真実であると同時に、虚構でもある。

（E. W. Heine）

ルターの蚤◇目次

前口上

中世の時代に、自然科学の研究に励もうとした一人の坊主が、一匹の蚤をつかまえたとさ。彼はその小昆虫をテーブルにおいて、声をかけたとさ、「跳べ！」と。そうしたらご覧じろ、その蚤はそこから跳んで逃げてしまったとさ。

今度はその坊主は別の一匹をつかまえ、その脚を根こそぎもぎ取ったとさ。それを下において、こう言ったとさ、「跳べ！」と。ところがこの蚤は座り込んだまま。坊主がなんど蚤に跳べとけしかけようと、聴く耳を持たなかったとさ。

そんな様子から坊主はこう推論したとさ、「蚤っていう奴は、脚をもがれると、やれという声も聴こえなくなるほど、主人に打ちのめされるらしい」と。

偉大なるコルシカ人の心臓

Das Herz des großen Korsen

シーザー（カエサル）以来、ヨーロッパの運命を決定的に決めた者は、ナポレオン・ボナパルトを除けば、ほかに誰もおらず、まさに太陽のように輝いていたのに、あまりにも早くこれっきりというふうに、消えてしまった光輝燦然たる彗星といっていい。

新時代のアレクサンダーともいうべきこの人物を調べていて、私はスカンディナヴィア地方の歯科医の書いた本に出くわした。このステーン・フォルシュヴド【Sten Gabriel Bernhard Forshufvud［1903―1985］スウェーデンの歯科医、内科医、アマチュアの毒物学者で、1983年に『セントヘレナでの暗殺』なる本を著わした】という博士は、その本のなかで、ナポレオンがイギリス軍統治下のセントヘレナで収監警護中に、妻をナポレオンに寝取られた亭主の意趣返しに、砒素で殺されたという意見を大真面目に主張していた。

フォルシュヴド博士は、怪しげなその説を巧みに弁じたてて、枉げなかったので、私はごく最近パリに出かけた機会に、検死報告書の原簿の閲覧ができる特別許可証をもらえるよう、ソルボンヌのある仕事仲間に頼んでみた。複数の医師が検分して真正とされた報告書は、法的には裁判所の鑑識書と同等と見なされうる。それは目撃証言者たちによって裏書きされたもので、しかもいずれも非のうちどころのない人たちばかりである。それに加えて一報告がついていたが、つまりヘンリー博士【Dr. Walter Henry［1791―1860］、本文には登場しないけれども、バートン博士なる医師の外科医助手として、ほかの医師団よりも早めの1811年7月5日にセントヘレナに渡った。『軍隊生活での出来事』（1843年刊）という回想録を書いた。回想録以外にもその当時の事情を詳しく伝えた手紙も残した】が、二年後に自分の日記記録をもとに書いたものである。ヘンリー博士もまた、問題の検死に立ち会った一員であった。もっと重要視されたのは、もちろんオフィシャルな検死報告を担当したアントマルキ【François Carlo Antommarchi［1780－1838］、コルシカ生まれだった点がナポレオンとの機縁となる。ナポレオンの母親と叔父の懇請もだしがたく、セントヘレナに渡るも、そして何度となくナポレオンに忌諱されるのもしばしばながら、ついには死まで看取ることになる】博士の検死報告書であるが、彼はナポレオンの屍体解剖を手ずから行なった人物だった。

アントマルキは、解剖の場に立ち合っていた人たち全員にはっきりとわかるように、胃の内壁がかなり大きな癌様の腫瘍に冒されてしまっていて、その腫瘍は幽門の辺りまで伸び胃の出口を塞いでいた、と診断をくだした。これまですでに臆測されていた死因が、そのことで確定されたのである。

そもそも胃癌は家族に遺伝的に伝わったものと思われる。ナポレオンの父と妹のポリーヌもその癌で死んだのである。

イルマン【Pierre Hillemand［1895－1979］、フランスの内科医】教授はその『ナポレオンの病理学』（1970年刊）で、フランス皇帝が1819年まで決まりきったように、多量に嗜んでいた嗅ぎタバコなのに、一朝一夕にしてそれに対する激しい嫌悪ぶりを見せたことに、読む者の注意を喚起していた。

タバコに対して原因不明なまま急に嫌気を起こしたのは、しかしながら胃癌の早期であることの確実な徴候なのである。ナポレオンが癌で死亡したことは、今日では確立している。これまでも何度となく証明されたこの事実を疑う者は、妄想かぶれといえる。

それにしてもここには、私をはっとさせ、疑念を起こさせるもっと別の何かがあった。検死報告書には、睾丸とペニスが「非常に小さかった」と、明記されていたのである。どうしてこんなことがありうるのだろうか。ナポレオンのごとく誇りに満ち、名誉を意識していた男が、本来なら男性力の象徴である器官がこのように身体的に未成熟であるのを、誰にも悟られぬように、しっかり隠しおおせてきたというのであろうか。だが、多数の報告から、ナポレオンが裸になって兵隊たちと水浴びした事実をわれわれが知るわけだが、この偉大なコルシカ人の決定的なところが数センチ不足していた、と誰一人にも気づかれずに済んでいたとは。ナポレオンが頻繁に気に入って寝た女性も、そうした類の不平をこぼしたことはなかったし、告げ口好きなジョセフィーヌですら、そうしなかった。自分の夫婦生活の内輪の話を警察の元締めフーシエに、家計を楽にするために売ったことはあるが。

そういえば、マリー・ルイーゼとの場合はどうだったのだろう。ナポレオンが未来の二番目の妻を迎えに出かけたとき、オーストリア皇帝のよく躾けられた令嬢は、コルシカ人の求愛の口巧者（くちごうしゃ）ぶりに降参してしまった、もうすでにコーンピエーニュの町【エーヌ川とオワーズ川の合流点にある都市、パリから60㎞ほどの距離】に来ているというのに。宮廷の儀式のきまりに反して、彼女は婚礼の前にナポレオンとベッドにのぼった。盗み聴きしていたオーストリアからお供をおおせつかって来た侍女たちは、さっそくウィーンに報告に及んだ、お嬢さまは「非常に激して大きなうめき声をあげ」たので、自分たちはお嬢さまが死んだのじゃないかとやきもきしたほどでした、と。ナポレオンは他日思い出していた。マリー・ルイーゼは自分に、「もう一度あれをしてみてくださいな」と、頼んだことがあるな、と。

こんな調子だと、セックスについて幼児並みだなんてところは、およそどこにもこれっぽっちも見出せない。

誰でも屍体解剖の報告書をもっと丹念に当たってみれば、報告書の作成者たちも、総じてすべての局部が小ぶりだと見なすほうに傾きかけているのを確認して、一驚するだろう。手足とか、腎臓とか、胆嚢とかも、「普通よりも小さかった」と書かれていた。心臓は見るからに際立って小さかったと鑑定しているところで、この報告書は最極点に達している。

注意深い読み手であれば、何事も小ぶりと見立てようとした処理の裏に、妙に帳尻を合わせようとする意図が隠されている印象がしてならなかっただろう。それにしても、どんな意図だろう。偉大なるコルシカ人をあとになってから、小人に降格させようと思ったのだろうか。今日でも、ナポレオンはちびであったという考えが、一般に支配的であるが、そうかといって、その身長が一七〇センチあったのだから、当時の平均値に相当していたのだ。

ここにきて私は、そのある秘密の手掛かりをつかまえた、という気がした。シャーロック・ホームズよろしく、私は事実の追究に邁進することにした。探索して推論を組み立てたのである。辛抱強く細かい仕事をひとつひとつ寄せ集めて、全体が最高に興奮を惹き起こすモザイクに仕上がるようにした。

1821年5月5日、熱帯地方のような海の温かい上げ潮から、太陽が立ちのぼってきたとき、南大西洋の上空では嵐が荒れ狂っていた。海のまんなかに置き去りにされたような孤島は、激しい雨しぶきにぶちのめされていた。島に生まれついた数少ない住民たちは、濡れてじめじめしたわが避難小屋に引きこもってしまった。島の本当の主人、蝿(はえ)すらも姿を見せようとしなかった。神に見放されたこの島が、アフリカ――もっとも近い大陸――から2000㎞も離れているのに、ギリシア古典期のもっとも美しい女性の名をつけたなんて、それだけで嘲り以上の扱いだった。セントヘレナと称しても、文明に浴したヨーロッパ人が、生涯の一日でもいいから過ごしたいと願うにしては、まことに最後の場所ですらあった。

ところが地図で見れば、点のようなこの場所に、千を超すイギリスの兵隊たちが細々と暮らしていた。それも死にかけたたった一人の男をひっきりなしに監視する目的で、しかももう五年半にも及んでいた。ヨーロッパ中のすべての王侯どもが怖れ慄(おのの)いた捕囚の身の巨人は、今や自分のベッドに横になり死を待っていた。

ナポレオン・ボナパルトは、死なんか怖れていなかった。腕に腕を組んで、彼らは六十回にものぼる戦闘を共に戦い抜いてきたのだ。しかしイタリア遠征中には、四万のオーストリア兵をなぎ倒したのも、最高人員が決して四万にも達しない兵力でのことだった。そのたった二年後には、エジプトのピラミッド遺跡の広場における戦いでは、敵対する総勢が殲滅させられた。二万四千の戦死者が出た、とイギリス側が発表した。ナポレオンはこの辺の情勢をもっと熟知していた。エジプトの歩兵は、この時点でまだ重砲の砲撃を経験したことがなかったので、手に負えぬパニックに陥り、兵力の大半は逃げまどってナイル川で溺死した者も出た。溺死者は一人たりとも、戦死者の数に算入されなかった。

「彼らはわしとの敵対関係よりも、わしとの友好関係のほうを余計に怖れたのさ」と死を前にしたこの男はつぶやいた、「というのはだ、永続きする平和をヨーロッパにもたらすことにわしが成功したとしたら、ヨーロッパの古ぼけた君主制は、カードの楼閣みたいにぺしゃんこになっただろうからさ。革命の自由思想が北アメリカと同様にヨーロッパにも拡がってきただろうし、そのアメリカではジョージ・ワシントンがヨークタウンでイギリス軍を降伏に追い込んだのも、ほんの数年前だったしな。ワシントンらの目には、わしらは感染性の疾病、老いさらばえゆく存在を脅(おびや)かすマラリヤかなんかに映っていたのさ。実際はわしらの薬効ある熱狂が、あいつらを老廃物という老廃物から解放してやり、ヨーロッパに新生の息吹を吹きかけてやったのかもしれんしな」そういうふうにナポレオンは自分に語りかけた。あるいは別な言葉を用いたかもしれない、あるいは口には出さずに思い出していただけかもしれず、自分の生涯を明るくきらきらする影像にして、思いめぐらしていたのかもしれなかった。死を目の前にしたら、言葉なんかなんになろう。

　雨がざあざあ喚（わめ）きたてていた、それとも熱を帯びた顳顬（こめかみ）を打つ血脈だったろうか。暗い影が目の前をすべりすぎた、床や壁の上をさっとかすめていったのは、熱に浮かされて生じた幻想か、忍び寄る死の影か、鼠どもか、そう、確かに鼠どもだった。

「わしのまわりは鼠だらけだ。わしの全生涯ずっと鼠どもにとり囲まれていた、フーシェ、タレーラン【Charles Maurice de Talleyrand-Périgord［1754−1838］、フランスの政治家、外務大臣。ナポレオンのクーデターを支えたが、その侵略政策を拒否した。1814／1815に改めて外務大臣に復帰し、ウィーン会議でフランスの復権に成功した】、それにブルボンの王族ども、オーストリアの鼠ども、プロイセンの鼠どもにロシアの鼠どももいる。一番始末に悪かったのは、イギリスのネズ公だった。ひとりひとりはどうにもならぬ臆病者のくせして、群れをなすと寄ってたかって害虫に化したかのごとく、勝ち名乗りをあげる」

　ナポレオンが目も冴えざえとして横になっている夜などに、鼠どもが歯で齧（かじ）りまわる音を耳にした。誰かが灯明をともすと、そいつらは幽霊のように姿を消した。灯明を消すと、鼠どもはちゃんと再び現れた。そいつらは神さまのようにどこにもいて、どこにもいないのだ。それともそうではなくて、ベレジーナ【ベラルーシの中央部を流れる川。ナポレオンがモスクワから撤退しようとして、クトゥゾフ将軍率いるロシア軍に迎撃され、壊滅的な打撃を蒙ったことで有名】の川辺に出てきたロシアのコサック兵のようなものだったのか。そうした相手に彼はよく話しかけたものだ。

あるときこう言った、「お前たちはこの島の本当のご主人さまさ。誰一人としてお前たちの自由を奪えるものはいない、イギリス人なんかには絶対にな」と。

鼠どもが武器庫のなかでイギリス軍旗を噛み散らしていました、と彼に報告されるのを耳にして、ナポレオンはモントロン【Charles Tristan, marquis de Montholon［1783－1853］、ナポレオン戦争中フランス将軍。ナポレオンの二次退位後、自らすすんでセントヘレナに随行した】にこう言った。「わしらには新しい同盟者ができたぞ、ネズ公どもすら、わしの味方になって戦っているところさ」と。

昼近くヴィニァリ【Abbé Vignali, Ange-Paul［1784－1835（暗殺されたらしい）］、コルシカ島のカトリック教団からナポレオンの最後の宗務手続きに派遣されてきた教誨師。この英雄の死後、その遺品をコレクションとして後世に伝えるのに一役買った】神父がやって来て、ナポレオンに終油の秘蹟を授けた。瞼に香油を施し、次に耳、鼻、口、そして両手と進め、五官のひとつひとつで為（な）した罪の赦しを請い願った。

「心臓にも施してください」とナポレオンが言った。「わしがした一切は、心の底からしたことですから」

のちにナポレオンは、自分からすすんで監獄につき従って来たベルトラン将軍【Henri Gatien Bertrand［1773－1844］、ライプツィヒの戦い（1813）の後、フランス軍は完敗したわけでないと主張し、エルバ島まで皇帝に従った。1815年にナポレオンのエルバ島脱出を反転攻勢の機ととらえ、ワーテルローで指揮をとったが、敗戦と決まってからはセントヘレナまでナポレオンに随伴した。デュマの『モンテ・クリスト伯』やユーゴの『レ・ミゼラブル』などが、彼について言及しているという】にこう言った、「死ぬことは少しも不安に感じていない。わしが怖れているのは、イギリス人たちがわしの死体を戦勝記念品みたいにとっておくだろう、ということだけだ。わしの命はフランスに献上したものだが、この心臓はいつだってわしの妻や息子のものだ」と。

ナポレオンは忠実なベルトランに、防腐処理を施すのにエタノールに漬けたまま、自分の心臓をパルマ【マリー・ルイーゼが、イタリアのこの地のれっきとした公爵夫人の称号を授与されていた】まで運んでくれるように、との遺命を申しつけた。「お前たちを優しい心遣いで愛したし、心の底から愛(いと)おしむのをやめなかった、と家族の者に言ってくれ。わしら人間に関して不滅だといえるものは、わしらの心のなかに生きているのであって、この頭のなかに生きているわけではない、このわしの言い分を信じてくれ」

昼ごろ彼は熱があがった。七回も昨夜はベッドシーツを交換してもらった。寒さで凍(こご)えた。彼の両足はあまりに冷えていたので、温かいタオルで温めてもらった。その寝室の狭さが彼に圧迫感を与えた。広間に搬出してもらった。人が窓を開け放してくれた。陽射しが雨に勝利をおさめた。皇帝はこう口をきいた。「お早う、お日さま、いとしの女友達よ」と。

目を閉じて彼は最後の温もりを味わっていた。コルシカのマッキア【野ばらの密生地】の香ばしい匂いを嗅ぎ、アジャクシオ【またはアヤッチョ、コルシカの西岸の都市】の鐘楼の鐘の音を聞き、撫でさする母の手を感じていた。ナポレオンはブリアンヌ・ル・シャトー【パリから東南にほぼ150㎞離れたところで、中世風の城砦然とした建物のあった場所】の士官学校の薄暗い共用寝所の間を走り、チュイルリーの襲撃【1792年、フランス革命の余波を受け、王族たちの身柄がパリの革命軍の手中に落ちる】、九月殺戮【1792年の9月2日から7日にかけ、貴族たちが第二波として外国への亡命に走る。監獄浄化が名目の囚人減らしをした】などを体験していた。そのときジョセフィーヌが胴回りを高くした花模様の服装で現れた、それは結婚したときに着用した服装だった。彼が臥せっていた寝室は、青い壁紙で覆われていて、無数の鏡がぶら下がっていた。彼女の肌は蠟燭の明かりに当たって、幻のようになんとちらちら光ったことだろう。いや、違った。あれはジョセフィーヌじゃなかった。マリー・ルイーゼだった！　彼女は孕み腹をしていた。彼には老博士モリアーン【おそらくNicolas François Mollien［1758－1850］のこと、財政を担当した蔵相。戦費との関係でナポレオンに協力した。ここでの博士は経済博士か】の声が聞こえた。「これじゃ難産だろうな」と。それからしばらくして彼は、祝砲の鳴るのを待った。二十一発は嬢や向けで坊には百一発だ。おい、男の子だぞ！　わしは男児を授かった！

そして次はワーテルロー、いや、そうじゃなかった、ボロディノ【ロシアの地で、モスクワ川の支流カルガ川河畔の村。1812年9月7日に、ナポレオンに対するクトゥゾフ麾下のロシア軍が戦いを挑んだことが記録されている。フランス軍によるモスクワの占領が成功したのは、三万の人員の犠牲を払ってのこと】だ。パレードの制服そのまま、みんなは戦闘めざして馬を蹴立てた、白ズボンで上着は青く、黄金のモールもきらびやかに。何千の大砲の轟音を背にして、『ラ・マルセイエーズ』を高唱した。ダヴ【Louis-Nicolas d'Avout/Davout［1770－1823］、貴族でありながら共和主義信奉者だったことから、誤解や軋轢が多かったが、ドセ将軍のもとで有能さを認められ、ナポレオンの側近となった。戦術に関しては天才的なところがあり、アウエルシュテット、ヴァグラムなどの有名な会戦ではいずれも戦勝者の名を恣にし、無敵伝説の中心人物となった】やドセ【Louis Charles Antoine Desaix de Voygoux［1768－1800］、恐怖政治が逆巻くなか、あわやギロチンにかけられるところを辛くも逃れ、1794年に将軍となりナポレオンの知遇を得、1798年のエジプト・シリア戦役では前衛をつとめ、エジプトの人々から「正義のスルタン」と呼ばれた。マレンゴの戦闘はこれで負け戦かと思われたとき、ドセが駆けつけ勝利に導いたが、自身は敵弾に当たって斃れた。なお原作者はDessaixとスペリングを誤っていたことを付記しておく】などの元帥たちが、馬の下腹部を撃たれてしまった場面を、ナポレオンは目にしていた。部隊は堡塁に突撃した。

彼の最後の言葉は、「フランス……、軍隊……、軍隊の先頭」というのであった。アントマルキは、死者の目を閉じてやり、時計の動きを止めた。時計は5時49分を指していた。ナポレオンが死んだ報せ（しらせ）を、モントロンは島のイギリス総督に伝えるように頼んだ。ロウ【Sir Hudson Lowe［1769－1844］、アングロ・アイルランド系の軍人にして、植民地行政官。セントヘレナ島の総督で、ナポレオンの"gaoler"＝jailer（刑務所獄吏）を務めた】はこの囚人の臨終の確認のため二人の軍医を送り出した。四人のフランスの士官が初日の通夜を引き受けた。あくる朝、総督のローウが顔を出した。彼は即座に検死の解剖を命じた。フランスの士官たちは、あまりに先を急ぎすぎて気遣いのないやり方に抗議し、なんとか延期に持ちこませた。

時間がたつと遺体は、ベッドシーツで覆われたビリヤードのテーブルに運びあげられた。顔の部分だけが覗けるようにとり開けられると、立会人の列にちょっとした驚きの叫び声があがった。彼ら全員は、「これほどきれいで、これほど均整がとれて、しかもこれほど気も安らかにしている」表情を見たことはなかった。

てきぱきとした手さばきで上手な鋏入れをし、アントマルキは胸郭と腹腔を開いた。見ただけではっきり見分けがつき、しかも相当に進行した癌性の腫瘍だ、と彼は診断した。

この報せを聞かされて、ローウ総督ほどほっと胸をなでおろした者はいなかった。彼は大事なこの囚人の責任を負わされていた。自分に何が要請されていたかを、彼は承知していた。第一には、エルバ島からの脱走のようなことは二度と繰り返されないように、厳戒監視の態勢を堅持して避けねばならなかったし、第二には、ナポレオンがイギリス軍の復讐の餌食にされたという印象が、絶対に世界に巻き起こってもいけなかった。数日もたたずにナポレオンの死が、全世界のブンヤどもを駆り立てるだろう。大英帝国の沽券がかかっていた。ローウは、ちょっとした間違いを仕でかしても、自分の死活に関わるだろうということも、承知していた。

解剖所見が終わった後で、わが寓居でお疲れ癒しにどうか一杯お召しになっては、と総督は居合わせていた諸兄に申し出た。彼らは確かにそれが必要だった、なんといっても屍体解剖というものは、遺骸を前にして厳粛な雰囲気にありながらも、いつも反吐が出そうな一仕事なわけだから。

ナポレオンの亡骸は、暗緑色の猟兵服に押し込められた。それから次に、繻子（しゅす）が内張りされたマホガニーの棺に寝かされた。

ローウは厳命を下した、遺骸はセントヘレナから出さないようにしろ、と。手はじめに心臓が銀の壺に入れられたが、それをどう処置するかまだ決定されていなかったからだ。

夜中に総督は、従卒に起こされた、「アントマルキ博士が総督に用事がある、とのことです。おっしゃるには、急用で、あとに延ばすわけにはいかない、とのことです」と。

ローウは、なにか異変が起きたに違いないとすぐに気づいたが、アントマルキに対面するに及んで、現実は自分が一番危惧した事態を凌駕していた、と悟った。アントマルキは大変興奮していて、一言も発することもできなかった。コップ一杯の水を飲みこんで、やっと口がきけるようになった。「彼の心臓が」と口ごもった、「心臓がなくなった、空だった。壺が空なんです。鼠どもが……、あいつらが彼の心臓を引きずりこんでしまった」と。

総督はアントマルキの顔を張った。「嘘つけ」と大声をあげた。

「本当なんです。もう一度、心臓が大丈夫かどうか確かめようと思ったんですよ。ぞっとしました。あんなに鼠どもがうじゃうじゃ群れているところは、これまで一度も見たことがありません。あいつらは狂乱状態だったんです」

これこそ、総督が前からずっと惧れていたスキャンダルだった。ローウはもうすでに、ヨーロッパの俗悪新聞どもの悪意ある大見出しを頭に浮かべていた。自分はもう用ずみだ、とのつまり。しかしローウが、もし五年半もの島流しの後に、臭気芬々としたこの鼠島で、戦意喪失のままむざむざその運命に身を任せたというなら、職責に徹するプロの軍人とはいえなかったであろう。

総督は、自分のところに来るように、とヘンリー博士を呼びつけ、この信じがたい豚並みの不始末について、彼とアントマルキとに医師だからと信頼しきって屍体解剖があずけられたのだから、二人きりで責任をとるように言いつけた。

「豚並みの不始末」という言葉を吐いたとき、彼の心にある考えが電撃のように閃き、その考えがなかなか頭から離れようとしなかった。飼い豚のうち一匹でも屠殺できないものだろうか、と。アントマルキは解剖学にかけてはこの監獄で屈指の精通者で、その考えに異論を唱えた。彼はつづけてこう語った、ナポレオンの心臓は、ヨーロッパに立ち還る偉大な死者の唯一の亡骸部分であるのだから、心臓には科学が係わりを持つことを計算に入れておかねばなりません、と。しかし話が違ってきますがね、もしも総督がケープタウンの総督から贈られた人懐っこい狒々のココを犠牲にする気があったら、人間と猿との間の遺伝学的な類似性は、非常に近いので、心臓の細胞組織に見られる相違の証明はなかなか難しいのですよ、ともつけ加えた。

そういうことのあった夜のうちにも、早速狒々の腑分けをしてみたら、その心臓が行方不明になった元の心臓の半分しかなかったことを、彼らは確認した。

解剖報告書を作成するときには、解剖学上の齟齬に留意する、と医師たちは約束した。そして結果として、ナポレオンの気品ある遺骸全体は、郷愁病にとりつかれたアフリカの猿類の心臓にしっくり見合うように、いささか縮減しなければならなかったのである。そうだからといって、こうした猿芝居全体は、全然必要でなかったかもしれない。父への服従心から、マリー・ルイーゼは壷を受けとるのを拒否したのだ。公式に彼女が説明したのは、わが夫の遺骸は「誰の手にも触れさせたくないし、どんな損傷も受けないようにしたい」と思ったということだったのだ。

ナポレオンの敬愛者は言ったものだ、「まさしくそれでいいのだ、彼女はあの心臓を受けとるだけの資格はなかったのだからね」と。そう言いながら彼らは、自分たちが気づいていた以上に、疑いもなくずっと正しく振舞ったのだ。

その壷は棺に納められ、少したってから皇帝とともにパリに帰還した。そこで今日もなお、その心臓は大国の最も神聖な聖遺物として祀られている。

そこを訪ねなかった著名人は、ほんのわずかしかいない。チャーリー・チャップリンも行ったし、ヒットラーやシャルル・ドゴールも見舞った、それもそのはずだ、そこでフランスの心臓が鼓動を打っているのだから。

仮にいつか読者のあなたがパリに出向き、アンヴァリーデン・ドーム【フランス語では、Dôme

des Invalidesなどとも呼ばれる円屋根のドーム。元々ルイ十四世によって建てられた廃兵院が改築されて、アンヴァリッド記念館として親しまれたが、１８４０年の法改正とともにナポレオンの記念墓所ともなった】に入って、フランス人の最初の皇帝の大理石の石棺のそばに立つことがあったら、ボロディノやワーテルローのみならず、ココのことも思い出しなされ。そこに安らっているのは、一人の偉大な人間だけでなく、一匹の猿もまたそうなのだ。

パパの鸚鵡（パパガイ）

Papas Papagei

自分の読者たちが生存の喜びに嫌気を起こさせるためなら、文筆家が何ひとつ遠慮しないような世紀のどまんなかで、アーネスト・ヘミングウェイはいくつものすばらしい冒険を書きとめた――いや、体験したわけだが――それもほかの作家なら、夢にすら思いつきもしなかった類（たぐい）のものだ。

まだ十九歳にもなっていなかったのに、彼はその最初の勇猛果敢賞を受けた。銃弾の貫通と、榴弾の炸裂による二百カ所以上もの出血おびただしい裂傷を受け、彼の初めての果敢な冒険を危機一髪のところで生き延びた。その三カ月後、衛戍（えいじゅ）病院から解放されると、彼は自らすすんで歩兵部隊に入隊を申し込んだ。彼は、危険を冒して生きる面白さに、已むに已まれぬほどとりつかれてしまった。「だって、人間が死とともに生きようと臍（ほぞ）を固めたときに、本当の自由が始まるものなんだからさ」スペインの内戦では、彼は共和政体の軍隊の味方になって戦った、それも医薬品の購入を見越して、四万ドルもの自分の財産を贈呈した後でのことだった。スペインで彼は闘牛に出遭い、これが猛獣狩りと並んで彼の生涯の主な情熱となった。「だって、闘牛はピューリタン主義に反対する手段だし、キリスト教徒らしい謙虚さに従う道だという、教会の誑（たぶら）かしに盾つく手段なんだからね。人間というものが死に対してまだ叛乱を起こせる状態にあるのなら、神に似た属性のひとつをわが身に具（そな）え、つまり死んでもいいと思い切れることが、その人間の楽しみになるのさ。こういうことは誇りからなされるし、誇りはキリスト教的には罪障だが、異教の観点からは大きな徳なのさ」この徳のために彼は生きたのだ。

彼の猛獣ハンターたちや闘牛家たち、彼の漁師たちや罠の仕掛人たち、彼のボクサーたちや兵士たち、といった彼の小説の主人公たちが非常に生き生きしているのも、彼らの生を彼も生きたからだ。

１９６１年７月２日、六十二歳の誕生日をほんの間近にして、彼は頭をぶち抜いて自殺した。彼の伴侶（つれあい）は、なにか狩猟での事故だったとかなんとか、と口にしていた。彼女の言葉を誰も信じなかった。世界中の新聞はこう書きたてた、「ヘミングウェイのような熟達した闘士でもあれば、ハンターでもある人が、二連の散弾銃の手入れの際に、誤って自分を撃ち抜くということなどあり得ない」と。もちろん報道は間違っていない。しかし私を唖然とさせたのは、ヘミングウェイが遺書を全然残していなかった、という事実だ。書いて発表することを自分の生き甲斐とした人間が、自分からすすんで人生におさらばしたのに、惜別の辞を一行も残さないままだったとは、どなたも不審に思わないみたいだ。なぜ、この偉大な物語作者がこんなふうに口を噤（つぐ）んで、われわれから立ち去ったのだろうか。結局はやはり事故だったのだろうか。それどころか誰かによる殺害なのだろうか。

彼が生きていた最後の日々をわれわれは追いかけてみよう。

１９６０年11月も末のこと、ミネソタ州のメイヨー病院に、初めて入院した。彼は体調が悪いと感じたのだ。二カ月もたってようやく自宅に帰された。それから三カ月もたたないうちに、またも病院に収容された。高血圧で糖尿病を患っていたのだ。6月28日に、心身は「上々の状態」ということで放免された。彼はケチャム【Ketchum：アメリカ合衆国の中央部、アイダホ州ブレイン郡にある小村であるが、１９３６年の鉄道敷設によるサン・ヴァレイの発展で著名人に知られるようになった。ヘミングウェイは周辺一帯が気に入り、ウォーム・スプリングズに近接するウッド・リヴァーを望む家を購入、フィッシングやハンティングにも興じた】に移り、そこの山中に牧場を所有することになった。

四日後に彼は死んだ。

入念に調査を進めていた週刊誌『タイムズ』に従えば、最後の晩はその前日の昼と変わらず陽気で、これといった屈託も見えずうち過ごしていた、という。隣人のアトキンスン氏は、午後も遅くにヘミングウェイと語らったが、落ちこんだ様子なぞ少しも気づかなかったな、と言っていた。ヘミングウェイ夫人メアリーの述懐では、夕食の後、急にふっとイタリアの歌謡曲が頭に浮かんだ、とされる。彼女はその歌をアーネストに歌って聞かせると、彼もその終わりの部分を一緒にハミングさえした、*Mama, sono tanto felice.*『ママ、僕はこんなに幸せだよ』というふうに【この歌は、ビクシオ・ケルビーニの作詞にチェーザレ・アンドレーア・ビクシオが曲づけして１９４０年に発表された、イタリアのポピュラー・ソング。第二次大戦中、遠い戦地からもうすぐ帰国できそうな状況にありながらも、早く母のもとに帰還できることを願った歌。１９６０年、コニー・フランシスが歌ったことで爆発的に大ヒットし、パヴァロッティなどの有名歌手にも愛好されただけでなく、日本にもパトリツィオ・ブアンネが２００６年に招かれ、テレビ番組『題名のない音楽会』で日本語でも披露したという。それぞれ各国語に翻訳、編曲も少なからずあるらしく、訳者の参考にした歌詞は、***Mamma, son tanto felice***となっていて、原作に出るsonoがsonと少しく異なっているのは、別ヴァージョンかもしれない】。

そのあくる日、太陽が昇って間もなく、——夫人がまだ睡眠中——彼は階下に降りて行き、愛用の銃、自分用に特別に銀打ち細工をしてもらった二連式散弾銃を手にとった。二連の銃身に弾をこめ、銃身を口中にさし入れて両方の引き金を一度に引いた。そういうふうに公の警察調書には書かれている。爆発音が起こって、彼の頭はほとんど完全に消し飛んだ。

ミセス・ヘミングウェイ、わざわざ呼び込まれた隣人のアトキンスン氏、ほかにシェリフと医者を別にすれば、死者に寄りつこうにも誰もが入室を拒まれた。

四日後、山並みが望めるケチャムのこぢんまりした墓場に埋葬された。「何人といえども」、と『ライフ』は誌上に採りあげた、「彼の暴力的な死にいたった謎深い動機に思い当たることはないだろう」と。もしもあなたが、いつかイタリアのリヴィエーラに行くことがあったら、必ずやアラッシオ【リヴィエーラ・ディ・ポンネンテ湾に臨む海水浴場】を訪ねるがよい。ゲーテがここに来たことがあるし、バイロン卿とアーネスト・ヘミングウェイも来たのだ。

彼がここに最初に来たのは、1948年のことだ。初見で一目惚れしたのだ。繰り返し繰り返し、彼はここに惹きつけられたのだ。「ここほど、幸せに思ったところはどこもない」、と奥方へのある手紙に書いた。ローマ時代の円形劇場を擁したオリーヴの緑豊かな小山に抱かれ、きらめく青い海岸をいつくしんだのだ。旧市街の曲がり角の多い路地とか、岸辺で網を繕っている漁師たちとか、それにもまして何よりも《カフェ・ローマ》を愛したのだ。昔は目だたなかったカフェの名声と評判に、彼が手を貸したことになる。今日ではこの《ローマ》は、町中で一番繁盛していて、しかも一番エレガントなカフェなのである。このカフェのある街路は、アーネスト・ヘミングウェイの名に因んでつけられたが、――さもありなんだ、というべきところだ。なぜといって、ここに座りこめば、彼はわが家のようにしっくり寛ぎを感じたからだ。そうはいっても、アラッシオに対するパパの大きな愛おしみぶりは、ただ景観が美しいせいだけではなかった。惚れ込んでしまうには、なんとしばしば少し別種の陶酔境地がつけ加わるものだろう、そうしてその役を担ったのは、木箱で残っていた数箱のこのスコッチウイスキーの古酒だった。カフェの持ち主、ベリノ一家が、戦時の混乱も乗り越えて救い出したのだ。ウイスキーの大の通だったヘミングウェイは、こんな貴重な一滴一滴こそ絶品と見抜いて、残っていた全品を即座に買いあげようとした。彼が豪勢にも大金を出すと言い出したけれども、賢明にもシニョーレ・ベリノは、喉から手が出そうな申し出を断わった。ベリノは、パパ・ヘミングウェイのためにウイスキーはリザーヴしておきますよ、と約束した、ただし、すぐこの場で飲んでしまうのが条件です、とつけ加えた。こんな芳醇の一献を嗜むにあたって、アラッシオよりももっと完璧な場所なんてあるだろうか。ヘミングウェイはこの取引を受けいれた。ほかにどんなやり方が残っていただろう。代理人とかウイスキー監視人とかとして、あるいは自分が留守をしても、またもや寄りつく質草として、手飼いの鸚鵡《ペドリト》を彼は預けることにした。パパ・ヘミングウェイは自分の鸚鵡をかわいがっていたが、それよりもずっとずっと愛していたのはウイスキーだった。

ノーベル賞が授与された後で、その賞金をどうするつもりですか、と人に訊かれて、彼は答えたものだ、「おれはこれで飲み代のつけを払うのさ」と。それは嘘偽りのない答だった。この事に二、三の新聞はいきり立った。新聞人はヘミングウェイとアルベルト・シュヴァイツァーとを比較したが、シュヴァイツァーは同じ年にノーベル平和賞をもらっていて、その資金をランバレーネのジャングルの彼の病院の拡張工事に使う予定にしていた。

ヘミングウェイのランバレーネは、アラッシオのウイスキーだった。暇があるといつも彼はこの店にやって来たが、総計すれば十二回に及んだ。そういうときにはテラスに座り、海を眺めては自分のスコッチを味わったが、そのスコッチこそ、真心を尽くす恋人のように彼を待っていたといえる。《There is no better self-destruction》というのが口癖だった。自殺には、もっと素晴らしいやり方はない。

1925年の7月のある対談の際に、F・スコット・フィッツジェラルド【Francis Scott Fitzgerald［1896−1940］、富裕な家庭に生まれ、最終的な職にもつかず、「咆哮する二十年代」といわれた風潮の生活を謳歌し、外国への旅に出たが、特にフランスを好んだ。そこでヘミングウェイやG・スタインなどの知遇を得た】を相手に、ヘミングウェイはパラダイスのイメージをこう説明していた。「いつだって上等の席をわしのためにあけておいてくれる闘牛場、わし一人が釣り糸を垂らせるように、とりのけておいてくれる虹鱒釣りの川、いつもなみなみと詰まっていて、いつでも手にとれる古いスコッチウイスキーのボトル」と。

私がアラッシオに向かったのは、ヘミングウェイが亡くなってからもう二十年もたっていた頃だ。もう夏のシーズンが過ぎていた。ブーゲンビレアとか夾竹桃がまだ咲いていた。葡萄畑には、青いブルゴーニュ種の葡萄がたわわに実っていた。陸地から海へと吹き流れていく風は、花薄荷とかサルビアとか、さらには笠松とかユーカリの木とかの匂いを運んでいた。《BIER VOM FASS, EISBEIN UND SAUERKRAUT, BILDZEITUNG》などと、トゥラットリア【小体な飲食店】やレストランの窓ガラスに貼ってある宣伝ポスターが、今や年間二十五万もの旅行者たちが夏の洪水のようにここに溢れていた名残を、それとなく物語っているだけであった【ポスターの中味は順に、生ビール、塩づけの豚足、酢キャベツ、ビルト大衆紙のこと。いずれもドイツ人好みのものばかりで、このイタリアの地はドイツ・トゥーリストが目当ての観光地であることを表わしている】。

私がアラッシオという土地で味わったのは、独りぼっちということだが、恐らくヘミングウェイが感じたのと同様なものだったろう。《カフェ・ローマ》は、ほとんど客がいなかった。彼がかつて住んだことのある部屋を、私も借りることにした。少したってから老シニョーレ・ベリノとお馴染みになった。彼は私にペドリトの面通しをしてくれた。緑色の羽毛をしたこの鸚鵡は、鳥籠の止まり木にうずくまり、首をかしげてこちらを見つめていた。

「そいつは三十五歳ですよ」と、私の給仕をしてくれていたボーイは言った。「鸚鵡にとっちゃ、年寄りというわけでもありません。この二倍も年をとるかもしれません」

老ベリノも思い出話をしてくれた。ペドリトが飼い主のグラスから、大のスコッチ好きという具合にちゅうちゅう啜っていたもんだ、というのである。「二人は素っ頓狂同士だったね、パパとパパガイ（鸚鵡）とはね」

私はロベルトとも面識を持った。ヘミングウェイと連れ立って何度か釣りに漕ぎ出したこともあった、歯の抜けた漁師だった。ロベルトの口からはこう語られた、「あの人は大男でね、肩幅も広かったし、ニッケルぶちの眼鏡をかけ、白い無精髭をしていたな。あの人の友達は、あの人のことを『パパ』と呼んでいたし、漁師どももそう呼ぶことにしたのさ。漁師どももあの人と仲良しだった。パパはあまり口をきかないほうだが、釣りのことには少し通じていたな。わしらが一匹でも釣り糸に仕留めたときには、子供のように喜んだな。あの頃はこの入海でも、まだ大きな鱸だって獲れたんだ。わしらがなにがしかの釣果をあげるというのは、いつもだった。あの人はツキがあったね、手ぶらで家に帰るなんてことは、なかった人さ」

後になってからのことだが、私は《カフェ・ローマ》の前のテラスに座っていた。太陽が山並みの蔭に隠れた。近所の家で、一人の若者がギターに合わせて歌っていた。私は秋づいてきた天空の広がりを感じ、地中海沿岸のリグリア地方の魅力を堪能したが、まさにヘミングウェイが熱愛した場所なのだ。

彼の運命のことを思いつめれば思いつめるだけ、この場所が偉大な老人の生涯でかなり特別な役を演じたのだ、とますます意識されてきた。彼の死の謎にいたる鍵が、ここで見つけられたような気がした。

われわれ三人は、夜のテラスに腰を据えていた、老ベリノに、ペドリトと私が。われわれはスコッチウイスキーを飲んだ、ただ、パパをあんなに虜にし、何年も寝かせてあった珠玉のお神酒のほうではなかった。その逸品は、もう底をついてしまってからかなりになる。ベリノは、古き良き時代のことを話題にした。われわれはすでにしたたかに聞こし召しており、ペドリトにしてもそうだったようだ、急に私の肩によじ登り歌い出したのだが、鳥の歌い方とは違っていた、そうではなくてまるで人間が歌っているようだった。

「聴いてみなされ」と老ベリノは呟いた、「あれが歌っているのは、あの人の歌ですよ。あの人がよく愛唱した歌だった。ギター弾きが何度も繰り返さなければならなかったっけ、毎晩なんどもね。*Mama, sono tanto felice.* ってね。聴きなされ」と。そうすると私は、どうしてヘミングウェイが死んでしまったのか、突然目を開かれた。兇暴な死を遂げたその動機を悟った。彼の鸚鵡がそのことを気づかせてくれたのだ。彼の行動の一端が、私の目の前に映画のように動き出した。

私の目に映ったのは、ヘミングウェイがメイヨー病院から放免されたときの様子だ。医師たちは、生き方を根底から変えないといけない、と諄々と説き聴かせたのだ。われわれのうちの多数の人は、いつかこのような状態に陥るものだ。しかし、書くように生き、生きるように書いた彼にしてみれば、医師たちの言い分どおりにするのは、最後を意味していたのだ。彼は何度もの重傷を生き延びてきたのだから、ひょっとしたらこうした運命の仕打ちからも立ち直っていたかもしれない、もしもメアリーがこの歌をうたわなかったら、失楽園のこの歌、*Mama, sono tanto felice.* を。

メロディーは、昔の思い出全部を一斉に喚(よ)び起こしたのだ。その晩彼は、もう一度自分の作品の主人公たちに出遭ったのだ、つまりこぢんまりと生き延びるよりは、むしろ死んだほうを選んだ男ども、作品の主人公たちに。頭のなかで彼は、もう一度アラッシオに戻ってみたのだ、気力とウイスキーを補給するために、どちらも彼にとっては同一のものだったからだ。

翌朝彼は、自分を撃ち抜いた。

ブルトン人【ブルターニュ地方のケルト系住民】の間には、こう信じる者がいる。うたうことで人間を死に追いやることのある歌がある、と。こういう歌がアラッシオの歌だった。鸚鵡のペドリトがそうした歌を、《カフェ・ローマ》で今日もスコッチをつつきながらうたっている。

マルサーラの豚

Die Schweine von Marsala

トゥラーパニとマルサーラの間に横たわるサン・テオドロという西シチリア島の岬の沖で、七十年代の終わりに、全長35mの長さの木造船が海底で発見された。ポエニ戦争時代【第一次〔前264－241〕、第二次〔前218－201〕、さらに第三次〔前149－146〕と三回も繰り返されているが、そのいずれともここでは特定していない。年代推定が難しいのだろう】の一艘のフェニキアの三段櫓（トリエール）の船だと判明した。つまり漕ぎ座部分を三重構造にした軍船だった。

こうした軍船のことは、われわれも古代ローマ時代からの言い伝えから承知している。しかし考古学者たちは、まだこのような三段櫓の軍船を発掘したことがなかった。マルサーラは世界の涯みたいなところにあって、シチリア人は貧しい住民だった。この貴重な発見物のために、人を呼び寄せるほどの博物館も建てていなかったし、宣伝効果のあるキャンペーンもしていなかった。私がその発見物にまさにたまたま出遭ったのは、一昨年【訳に使った原本の発行年が1987年であるので、その近傍の年とお考え願いたい】の秋、年次休暇をその地ですごしたからだった。ある漁師が私に教えてくれた、日本の皇太子アキヒト【今や時代も激動して上皇となられた方のことを指しているのだろうが、マルサーラに出かけたのが事実かどうかは調べがつかなかった。極秘情報に当たるのかもしれない】が、そうした古い木造船を自分の目で確かめるために、わざわざ東京からお越しじゃった、と。

どんな考古学的な発掘物に出遭ったとしても、われわれが興味をそそられるのは、見つかった事物そのものというよりも、むしろそうした事物にずっと昔にはっきりした形を与えた人間のほう、ということになろう。トロヤの遺跡やピラミッドといっても、つき詰めれば大きな廃墟の山にすぎない、しかしながら、年経り神々しく感じられるそれらの歴史に思いを馳せ、その時代の王侯や英傑を偲べば、そうした事物からなんという力が湧いてくることだろう。

似たようなことが私にもここで起こった。船に出遭ってすぐ私の興味を刺戟したのは、技巧を凝らして継ぎ合わせた船腹の分厚い板張りよりも、もっとずっと興味を惹かれたのは人間や積荷のほうだった。私は毎日一時間ばかり立ち寄ったが、その船を読みとるためだった。船は開いた本のようにそこにあったからだ。金貨と鉄鎖があって、漕ぎ手の奴隷たちが船もろとも沈んだとき、鉄鎖のほうには68人もの奴隷がつながれていた。その奴隷たちの白骨は、惨憺たる破局をいまだに物語っていた。そこには真珠もあれば土器のかけらもあり、繰り返し出てきたのは骨の山で、そのうちのいくつかは、これはと、私の興味を特別に惹きつけた。それがまぎれもなく二頭の豚の死骸だと同定された。このことを不審に思った人は誰もいなかったらしいが、フェニキア人はセム系の人たちであり、基本的に豚肉は食べなかったことを、読者の皆さんも是非とも知っておいて欲しい。そういう次第であるのに、どうして彼らは狭い船内に豚を二頭も積載していたのだろう。

この疑問は私の頭をだんだん放さなくなった。私がある秘密の手掛かりをつかんだことに、本能的に気づいた。私はMax-Planck-Institut【マックス＝プランク研究所、科学振興のために設立されたカイザー・ヴィルヘルム協会（ベルリーン、１９１５－１９４６）の後継協会で、１９４８年にゲッティンゲンに新設された。自由な基礎研究を主要課題とした。現在は規模も大きくなり、ドイツ各地に部門別に散在している】の調査研究を思い出したが、それは動物の方向感覚の能力に係るものだった。海中に抛りこんだ実験用の豚は、もっとも近い岸に向かって一番近道をとって泳いだのだ。この実験を何度繰り返しても、この奇妙な能力は確認された、という話だ。ただし、この理由に関して賞賛すべき説明をつけられた者はいなかった、とされる。

この問題に私が長くかかずらえばかかずらうほど、ダーウィンがガラパゴスに上陸したのちの感慨に、私の感慨もますます似てきた。以前少しも思ってもみなかった関連性に気づいたのだ。難解なジグソーパズルが、嵌め絵の切片をひとつひとつ組み合わせると、ひとつの絵画となった。

フェニキア人は、世界のいくつもの海を制覇した最初の民であった。この海を漕ぎわたった誇り高き民族をイギリス人と比較したのも、当然なところがあったのだ。フェニキアの船は、ハンノ【Hanno：紀元前450年ごろのカルタゴの人と推定されている。ハンノの名はあまりに一般的すぎて特定が難しく、航海記録を残している人物のこととされ、「航海者」ハンノと呼びならわされている。船団を組んで地中海を越え、ジブラルタル海峡をわたり、コートジボワール付近にまで達したことまではわかっているが、ギリシア語に翻訳されたものからは判然とせず、学者の解釈も区々であるという】の統率のもとにすでに喜望峰の岬をまわる航海をしていた。彼らはアメリカの海岸に達しさえしていたのだ、と多くの事柄が証明している。しかし彼らは、コロンブスと反対に陸地発見を鼻にかけたりしなかった、なぜなら、すべての新航路は国際的な先陣争いをシャットアウトするために、国家機密として重要とされていたからだ。けれども船が乗り出すにしても、そのたびに一頭か数頭の水先案内の豚が船に乗せられて出て行った、まさに生きた羅針盤(コンパス)であった。豚の木製の檻は一段高い船尾におかれた。戦闘の際にはデッキの下へ連れて行かれるが、そういう場所にも豚骨が見出された。マストの下端に当たるこうした船の最低部分は、いまでも《Kielschwein》(内龍骨)といわれる。自分の水先案内の豚をなくした船乗りは、落下傘を失った飛行士のようなものだった。

《Kein Schwein haben》という「幸運に恵まれない、ツキがない」とかという意味で使われる慣用句は、一体どこから来たのかわからないまま、われわれは今なお使っている。そのことは〈Glücksschwein〉(「幸運を招く豚」)という言葉にも当てはまる。ふたつともフェニキア起源である。船で海を渡ることほど、どこか保守主義的で、しかも伝統中心的なものはないのだから、フェニキアの水先案内の豚のことだとする多くの指摘が、現代にいたるまで持ち越されてきたのだ。船乗りによってギニアからヨーロッパにもたらされたあの小さな齧歯類(げっしるい)たちが、なぜ〈Meerschweine〉(「ネズミイルカ」)と呼ばれたのだろうか。それらは齧歯類のグループに属している。鼠や兎と親戚で、その解剖学上の細部の点からさえ、豚とはこれっぽちも類似点はない。にも拘わらず、ほかの言語でも同じような呼び方をされてきた。英語では、*guinea pig* つまり〈Guinea-Schwein〉といわれた。このことは、これらの動物が船乗りによってもたらされた事実と、本能の的確さを珍重されて船上で動物飼育されたことを豚どもに関係づけられた事実と、このふたつの事実に起因したのだろうか。

なぜ、ユダヤ人とイスラム教徒は豚肉を食べないのだろうか。答は簡単である。彼らの聖典が、そのことを禁じているからである。

それにしても――今度はきっと、もっと難しくなるだろう――なぜ、それらの聖典は禁じたのだろう。この質問に対する頻繁に繰り返される答は、次のようなものである。豚肉は砂漠地帯には脂っこすぎるからとか、豚には旋毛虫がいるからとかというものである。恐らく――こう論拠をあげるのだ――豚肉を口にしたあとで、人々は何度も病気にかかったのだ、と。そして旋毛虫のことを何も知らなかったので、豚という奴は不潔で食事には不適当だ、と説明したのであろう。

この一般に広がった論拠は、どんな論理的な基礎も欠いていて――容易に証明できるように――間違っている。駱駝もまた旋毛虫にたかられることもある。それにも拘わらず、駱駝は不潔と思われないだけでなく、アラーの特別のお気に入りとすら思われている。アラブ人たちはこういう言い分である。「人間は全能の力を持つものを表わす名前を九十九までは知っているが、百番目の名前を知っているのは駱駝のみである」と。ところで脂肪分に関しては、カラクル羊よりも脂肪脂質の多いものはいないが、この動物は駱駝同然すべてのセム族の人たちやイスラム教徒たちによって、躊躇なく食される。

豚はどんなものでもがつがつかぶりつくので、不潔だといわれている。そういえるかもしれないが、そんなことがもっと高い度合いで当てはまるのは、アラビア種の山羊に関してである。というのもこの動物は、ごみ屑や糞便や、空になったセメント袋にすら喰らいつくのだから。豚は食べる気が起きない、という別の人もいる。その一方で信奉者は、去勢羊の睾丸とか羊の目玉とか、ちっともおいしいと思えぬものなのに、どうして食べるのだろう。

あるサウジアラビア人は私に教えてくれたことがある、イスラム教徒というのは、ほかの動物を食らう動物は食べてはいけないのだ、と。これもまた本当ではない。なぜなら、信者の誰にしろ魚を食べているが、その魚はほかの魚を餌食にしているからである。これらの根拠はもっと奥深い。

しばらく「不潔」という概念を考えてみよう。コーランによれば、不潔と見なされるのは、犬、豚、キリスト教徒、駱駝の汗、生理にある女性、それに糞尿ということになる。

不潔とは悪いとか、不健康ということではなくて、タブーなのである。われわれ北ヨーロッパ人は、馬に対して似た関係にある。われわれは馬肉を食べないが、それは馬肉が好きでないからなのではなく、何世紀にもわたって馬に対しては特別親密な関係を保っていたからである。馬はヴォータン神【Wotanヴァーグナーの楽劇に登場するゲルマン民族の最高神、古形OdinがWodanとゲルマン化した別称もある】に奉献され、すべてのゲルマン種族には神聖視されたのである。そうした肉を食べることは瀆神(とくしん)行為であり、食人習俗（カニバリズム）よりも邪悪と見なされたのである。このことが、われわれが馬肉を食す人種でない根拠であり、いうなれば宗教的タブーほど、人間の心に深く刷り込まれるものはないからなのである。そんなタブーは、ずっと以前にその意味を忘れてしまった今でも、人間心理の閾下（いきか）で生き続けるのである。似たような関係が、近東における豚に見られる。マルサーラの町で豚骨の山が発掘されたのも、――そこに見られた寛骨（骨盤骨）が明白に示しているように――雌豚の死骸であるのが問題点なのである。このことは、もちろん偶然であるように思えるかもしれないが、そうではないのである。伝書鳩や盲導犬の例を見ても、雌のほうが雄よりも方向感覚の能力を明瞭に発揮できる、と確信を持って証明されている。その上それに祭祀的・宗教的な要素がつけ加わって、フェニキアの水先案内の豚は基本的に雌豚だった。これとともに、人類のもっとも古い問題のひとつが生じた。水先案内の雌豚は船上での唯一の雌性の存在であり、Mannschaft（乗組員）は――その名辞が物語るように――純然として雄性のものだった。古代は動物との親密な性交だからといって、まったく常軌を逸したものという見方をしなかった。レダ【スパルタの王妃】は白鳥に変身したゼウスと交接したし、エウロペ【フェニキア王アゲノルの娘】は雄牛【ゼウスがその牛に変身し誘拐して子を産ませた】と交わったし、死すべき人間も驢馬（ろば）や雌馬との房事にいそしんだのだ。

　これでわれわれは、事柄の核心段階に到達した。船に搭載した雌豚は、海難時に際しての救援者であっただけでなく、それどころか、さらに何にもまして性欲の捌け口（はけぐち）のためでもあった。〈Schweinereien〉（豚のように振舞うこと）は、フェニキア人の航海にあっては日常茶飯事だった。当然とされる基準からの性的な逸脱のすべてを、Schweinereiと名づけたのはなぜか、読者の皆さんはこれまですでに熟考したことがありますか。なぜ、よりによって豚なのだろうか、と。

豚は肥満な体つきであるところからして、性的に特に積極的ではないし、ましてや性的魅力などはない。そんな場合には狐とか鶏とか、さらに鹿とかだと、まったく別種の成果をもたらすことになる。答はまたもフェニキアの水先案内の豚にある。雌豚が夜に眠りながらキイキイ鳴いたとすると、それが人間の雄どもにはセイレーンの歌【人の心を惑わせる意とされる比喩】のように聞こえたのだ。

われわれは誰しも、オデュッセウス【ギリシアのホメロスの叙事詩『オデュッセイア』の主人公】の仲間たちを雄豚に変えた魔女キルケーの伝説を知っている。なぜこの美女は、船乗りたちを豚に魔法で変えたのか。彼女自身が豚だった可能性、いやそれどころか、われわれがその名さえ聞き知っている、フェニキアの水先案内の豚だった可能性がないだろうか。

そりゃ絶対になしで済まされぬこうした雌豚の守護天使たちを、人間の正義の管轄のもとにおいたからといって、一体だれが不思議に思うだろう。屠殺と食用は罪に値するカニバリズムだと説明されていた。そして、エジプト人が神性とあがめた猫に金と青金石（ラピスラズリ）を山ほど与えたのと同じく、フェニキアの乗組員は愛する雌豚のために――他にどうしようもできないのだから――海の財宝を足元に置いたのである。つまり真珠を供えたのだ。のちに、ローマ人によって侮蔑的に見なされたこの祭儀が、現在までわれわれの言語習慣に残されたことになる。例えば、われわれは《Perlen vor die Säue werfen》(「豚に真珠を投げ与える」)などといえば。

旧約聖書時代の人たちが感じた豚の死肉に対する激しい嫌悪感は、実のところ生きている豚肉に対する激しい嗜好癖に起因する。これがマルサーラの町に登場したフェニキアの水先案内の豚の秘密なのである。

豚のおかげで初めて、陸地から離れることが人間に達せられたのだ。一本の大木を切り抜いた小船から大海に乗り出せる全装帆船への道は、石器時代から近代への道である。そうした新時代の始まりにも、また豚がいるのだ。進化の歴史が猿を避けきれないのと同じく、われわれの文化史も豚を将来は避けて通れないだろう。われわれはここで初めて原初の時点に立っているわけだが、今日(こんにち)すでに次のことは決定している。われわれの歴史は、預言者や統治者の産物であるばかりでない、いやそれどころか、この場合もまた豚が最初から絡んでいたのである。

ひとつの頌歌(オード)で、私の説明を終わらせていただきたい。

私が見つめるは、過ぎ去りし永劫の
深遠にして遥(はる)けき時の淵、
アブラハムとモーゼとともに

一頭の豚もまた、その墓所より立ち現れたり。
信を滲ませ、青々の目をばしばたたかせ
その豚がまたも私のほうを見あげるや、
こうささやくのを耳にしたかのような気がする、
「ねえ、どんなに妾、豚らしくあなたにほの字よ」

ルターの蚤

Luthers Floh

十六世紀の名も存ぜぬある修道僧が、ルターの手書きの本を書写していて、この大人（たいじん）の手書き用紙の間に一匹の死んだ蚤を見つけたが、この修道僧が推測するところ、ルターがその蚤を自分でまんまと仕留めてしまったらしい。僧は珍しい発見物をつまみあげ、一枚のペルガメントに用心深く貼りつけ、その下にこう書いた。「蚤、1524／25年用の聖書の預言書に関するルターの講話筆記帳のなかで、1525年4月5日との記入のあった頁（ページ）上で発見されしもの」と。

書写された文書と蚤は、修道院の屋根裏の保管棚にしまい込まれることになったが、そのことはそのまま忘却されてしまった。1983年のルターの生誕祭になって初めて、その間にミイラ化されたこの昆虫が文書類の徹底的な整理の際に、ヴァイマルの州立文書館のアルテンブルク分館【同名の地名がほかにも見られるが、プライセ川河畔の都市のことだろう。もっとわかりやすくいえば、ライプツィヒから南に約60㎞さがったところ。ヴァイマルからはむしろ真東80㎞離れている】で再びまみえることとなった。

私がこのことを知ったとき、これはハインリヒ・シュリーマン【Heinrich Schliemann［1822－1890］、初め商人として成功し、その資産をもとに、思春期からの夢だったホメロスの叙事詩が現実にあったことだろうと推理して、1871年にトロヤの遺跡の発見に至った。以後、諸種の遺跡を発掘して世界に貢献した】によるトロヤの遺跡の再発見に比肩できるほど、世紀の発見物と考えてもいい、ととっさに思った。もしも蚤が本当にルターによって手ずから仕留められたのであれば、

――そのことを私は疑わなかった――その蚤とともにプロテスタント教徒は、計り知れないほど価値ある聖遺物を手に入れたことになる。蚤という奴は誰もがご存知のように、そりゃあちっぽけなものだから、そいつらに咬まれても、あれっと気にかけるぐらいがオチだ。ということはつまり、この小さな血に飢えた害虫は、自分が絶命する寸前に、宗教改革者に向かって吻針(ふんしん)を喰いこませたわけだ。この蚤は、正真正銘、マルティーン・ルターの血の一滴を受けとったのだ。この蚤は、宗教改革の正統を受け継ぐただひとつの血の聖遺物だったことになる！

世界教会問題協議委員会やアメリカ合衆国外務省の支援を得て、西側【冷戦下、ドイツがまだ東西に分かれていた当時を踏まえての話】の四人の学者たちが、この蚤を究明するために当時の東ドイツの特別認可を取得した。私はその一員であった。私たちは東ベルリーンに向かった。その地で蚤は、国家安全保障省の金庫室に寝かされていたのだ。

まず差し当たっては、これがお墨つきのルターの蚤であるという証明をすることが、私たちに課せられた任務だった。修道僧にしてメモ・マニアだった人の几帳面さのおかげで、蚤は１５２５年4月5日にぶちのめされたことが確定されていた。１５２５年はルターにとってはまさに格別な年であった。彼はその生産力の絶頂期にあった。彼の著作や生き方において、中世なるものの最終決定的な離脱を成し遂げたのだ。その年は農民戦争の時代であり、またカタリーナ・フォン・ボラ【Katharina von Bora［１４９９－１５５２］、修道尼だったが、宗教改革者としてのルターが反カトリックを貫くための結婚に同意したらしい】との結婚の年でもあった。《De servo arbitrio》【「隷属にある意思に関して」あるいは「不自由な意思について」と訳すべきか、１５２５年12月のルターの著作。ニーダーランドのエラスムス・フォン・ロッテルダム〔１４６９（66？）－１５３５〕の人文主義的教説、すなわち《De libero arbitrio》「自由な意思について」〔１５２４年9月〕の著作に対する反応として出されたもの】という表題で、神学的に非常に重要な著書を書いた。身体的にもずっしりと重々しく絶好調にあった。彼は今や四十二歳、結婚したばかりで意気軒昂、食欲旺盛で消化力抜群、そのことは彼の説教講話のなかにも歴然と反映されていた。農民たちに向かってこう説教した。「ほんまでっせ、お上を虚仮にしたり、お多福たらふく飲み食いしたからいうて、どだいお前はん、一人前のキリスト信者になれるわけでおまへんで」と。そして返す刀で領主どもをこき下ろした。「あいつらが大恥かきかきズボンにだだ漏れしたもんで、どうせ大口たたきの成り上がり者のこっちゃ、どこをうろちょろしようが、ぷんぷん臭うてしもうてからに、助けてくれた神さんのことなど、もう忘れてしもうてるがな」と。ザクセンとテューリンゲンの擾乱地域へ旅立つ４月５日の前の晩、ルターは自分の居宅でちょっとした食事を振舞った。１５２５年の4月5日は受難週（復活祭の前の週）に当たっていたので、出たのは魚で、もっと正確にいえば鯉であった。フィリップ・メランヒトン【Philipp Melanchthon〔１４９７－１５６０〕、人文主義者、ルターの重要な協賛者で、１５１８年にヴィッテンベルクのギリシア語の教授になった人物。Melanchthonという名もSchwarzerdという本名のギリシア語化だという】に宛てた手紙から、われわれがうかがい知るのは、根菜の煮汁でゆであげた鏡鯉料理がルターの大好物のひとつであることだ。ボックビール【アルコールの強めのドイツ特有のビール】と摺り下ろしたレープクーヘン【薬味と蜂蜜の入ったパンケーキ】を混ぜ合わせ、どろりとしたソースで仕上げた本格的な仕込みで、この宗教改革者はオットセイ並みの食欲を展開した。食事に手を出すたびに、四匹の鯉まで平らげた。以前は七匹にも及んだことがあったという。

血液検査の所見は、——血液型はOで、Rh因子はプラス——Eicosapentaensäure〔エイコサペンタエン酸〕【略してEPAと表示するが、最近、健康食品のサプリメントとして喧伝されているので、目に触れた方も多いだろう。大量の不飽和脂肪酸のことで、鮭や鱒、鰯に豊富に含まれる】がすごく高い数値を示していた。みなさんによりよく理解してもらうために、私がここで簡単に説明しておきたいのは、過剰に魚を食べた後では、Thrombozyten【トロンボチューテン、多核巨細胞（脊髄中にあり）より成り立ち、凝固因子を含む血小板の一種の假足のこと】がコラーゲンに対して血小板の凝集状態の最低値を示す点である。エイコサペンタエン酸の血中濃度が上昇するのだ。私たちによって検査された血液の持ち主は、平均をオーバーするほどの大量の魚類を食していたのだ。そのときの計測結果では、ほかで見られるのはエスキモー（あるいはイヌイット）の場合だけ、というほど上限の数値の目盛りをさしていた。こういうことで、これはまさにマルティーン・ルターのことを示している、と断定された。病理学的に異常な脂肪太りのネズミイルカの脳下垂体の中葉は、インスリン放出を刺戟するホルモンを抱含（ほうごう）している。こうしたいわゆるβ-Zelltropin

〔ベーター・ツェルトロピン〕は、脱水素された血液のプラズマ〔血漿〕のなかでは、間違いなくかなり高めであるのを立証されることもあった。ルターはその肖像画で知れるように、脂肪過多と慢性便秘に苦しんでいた。彼の放った有名な箴言「へっぴりお穴からは快活おならが出てこない」は、この視点のもとでは新しくも現実的な意味を持つことになる。つまりそれにルター研究が取りくむにしても、もっともっと成果があがるようにかかわる必要がある。「なぜ、皆さんがゲップもおならもなさらんのか、食事がうまくなかったとでも？」というルターの食卓でのご高説は、私たちの検査結果を裏づけるばかりである。以前ひどい便秘を起こした人なら誰でも、すかし屁を出して気軽になるとはどんな意味なのか、知っているものだ。Ablaß【放屁と宗教的な贖宥（罪の赦しを与えること）の両方の意味をかけた、元来は「放つ」、「解放する」、「外に出す」という動詞が起源】が宗教改革の達成時に中心的な役割を演じた、と繰り返し強調されるのは、そのことは疑いもなく正しい、宗教的・政治的意味においてと同様、内科学的な意味においても。ルターは一種のAblaßtrauma〔贖宥トラウマ〕【ここも前項の注釈同様、ふたつの意味を含ませていそうで、原語のままとした】に悩まされていたのだ。

　現代心理学の説くところでは、悪がその在処を意識、すなわち頭脳に持っているとされる。ルターの奉じたのは、人は悪魔を身体のなかに、つまり腸に持っている、ということだ。彼はこういうときに大概のものと同じく、新約聖書を引き合いに出してみせた。その聖書ではイエスが受けた荒野の誘惑に屈しなかった後で、サタンは雌豚のなかに潜り込んだが、その結果腹痛のあまり海に転げ落ちた。「どこぞの豚野郎がわれわれの葡萄畑になぐりこんできたな」と、教皇に評されたことのあるルターは、悪魔に潜り込まれたかわいそうなあの雌豚の一匹みたいだ、と自分を感じたのだ。彼はしかし海に落ち込まず、古いドイツの仕来りに従って仕事に飛び込み、教会の扉に九十五カ条の提題を貼りつけたのだ、あるいはあの der Leibhaftige（ふてぶてしい悪たれ奴（め））〔悪魔に対するルターの極めて傾聴に値する直訳〕が彼の身中で激しく暴れまわると、手あたり次第インク壜を壁に投げつけたのだ。

便（べん）【原文では Schiß となっている〔糞または不安の意〕が、むしろ以下にくるドイツ語の音韻遊びに関連する】を出してホッとすることほどに憧れることが、特に何もなかった彼は、存分に出し切れなかった糞便を排泄したいというこの欲求を、《Schisma》（離教、教会分離）とか《Katechismus》（教理問答集）とかといった、高尚な倫理的な概念に昇華せしめたのだ。

ルターは自分の腸に対する妙に親密な関係を持っていた。両親に宛てた手紙の数々が、便所に通ったとか、しょっちゅう鼓腸（こちょう）を起こしているとか、詳細にわたる報告で詰まっているが、それらも悪魔との戦闘中にすらまんまとぶっ放すことに成功したのだ。そんなふうに彼は、「たった一発のおなら」で悪魔を吹き飛ばしてやれた、と言って自慢していた。思うに彼の一身上の瀬戸際のカギとなった体験さえも、このもの凄い大音響の力に帰せられるだろう。マンスフェルト【ハールツ山の前山、ハレから北西に約35㎞のところにある。ルターの父 Hans Luder（ハンス・ルター）〔1459−1530〕が1484年に製錬所の職長として赴任して来た場所】からエルフルトへ向かう途上で、若きルターは嵐に見舞われた。そのときに彼は落雷を「ほんの身近」に体験したので、修道僧になりますから、と切羽詰まって誓願をたてたのである。

食事と消化に関するルターの譬えは、無数にあった。もっとも知られた教会頌歌【ルターに高く評価され、1524年頃親交のあったJohann Walther（ヨハン・ヴァルター）［1496－1570］の作曲とされるが、この頌歌の成立は1529年】『われらが神は堅固なる砦』では、「この世が悪魔で満ち溢れ、われらを貪ろうとしたならば」となっている【この頌歌は四小節より成っていて、本文に出る「この世が……」は第三小節目の歌詞の初め】。

性的嗜好においても、どうしても縋りつきたいものとして彼が軍配をあげたのは、女性の胸よりも太りじしの臀部のほうだった。彼の女性の理想を言葉で大ざっぱに表わすと、「腰がどーんと横に張り出し、それに腰を落としても、見事にどっしりした土台のようなもの」となる。

広範囲に及ぶ宗教改革の活動のほかに、数多の著作もこなし、ましてや聖書を標準ドイツ語に翻訳するだなんて、どこからお主は時間を引っぱりだしてきなすったのかな、と新旧両派の神学者からいくたびも質問を投げかけられた。ここにもまた、ルターのしぶりがちの便秘にひそむ謎の解明がある。すでにローマの諷刺詩人ユウェナーリス【ローマ最高の諷刺詩人（67頃－130頃）】は、重苦しい腸活動は詩には必要なものだ、という見解を代表していた。最もきれいなPsalmen『詩篇』がわれわれに残されたのも、ヴァルトブルク【テューリンゲン州のアイゼナハ郊外の山上にある城。ユネスコの世界遺産に登録される〔1999年12月〕。十三世紀の騎士歌人タンホイザーの歌合戦などで有名。ルターがヴォルムスの帝国議会で追及されたが、ザクセン選帝侯フリードリーヒ三世にかくまわれ、聖書の翻訳に没頭できた場所でもある】のずっしんどっしんの便所のおかげだ、ということは疑いもない。そこでは例のユンカー・ヨェルク【護身のためのルターの匿名、Junker Jörg】が、長夜の座り込みで物質【題材の意もあるが、ここは暗に大便なるべし】と格闘したのだから。

慢性の便秘は、それにとりつかれた人々に座ることすら辛くさせるし、それらの人種を――ちなみにルターの例も含め――座り机よりも立ち机でとり組むように仕向ける。ひょっとしたら、ヴォルムスの議会を前にして放った有名な発言、「当方はここに立っています。ほかにしようもありませんし」にも、これまで受けとられてきた意味とは、全く異なる意味のほうがふさわしいことになる。

アルテンブルクに保管された蚤に関する調査は、まだ終了していないが、もう今日にも確定されるであろう。宗教改革というのは、ペテロの座椅子とルターの座椅子【原文では単にStuhlという言葉を使っているが、明らかにStuhlgangと通じやすいのが狙いの使用】との間の対決だった。ルターの座椅子は堅かったし、一方神聖だと標榜する座椅子（教皇座）も堅かった。つまりはそうならざるを得ないような結末だったのだ。

西欧の歴史は、あるいは別の経過をたどったのかもしれない、もしもルターが彼の教会の代わりに、彼の調理室を改革したのであれば。

ヴィクトリア女王の不運

Die viktorianische Panne

「皇帝」とか「王」とかという言葉に出遭うと、例えばカール大帝【フランク国王、ローマ帝国皇帝（742頃－814）のことか、ドイツでいえばカール五世（1500－1558）もこう称ばれていた。ここでは特に同定すべきことでなく、はるか昔の比喩ととっておこう】とかいった、はるか昔へ遠ざかった時代に統治していた髭もじゃの男どもをわれわれは想像しがちだ。そうした心象の持ち方は間違っている。世界のうちでもっとも強力な皇帝と王は、われわれの世紀にも統治していたわけであり、それも髭もじゃの男ではなく、背の低い太った女性だった。

イギリスのヴィクトリア女王【1819－1901】は、ほぼ一世紀全体にそれらしさを特徴づけしたのである。彼女がその世紀に与えた影響が非常に強かったので、彼女の統治期間のことを「ヴィクトリア朝」と、今日でも人々は呼んでいる。大英帝国は後にも先にもこんなに強く、こんなに豊かだったことはなかった。今日の強大国、アメリカ、ロシア、中国は、歴史の外側にあって、まだ眠気さめやらぬ地域だった。クイーン・ヴィクトリアはインドの女王であり、オーストラリア、カナダ、中国の一部分とアフリカの大部分の地域の戴冠支配者だった。彼女が1901年に逝去したとき、地球上の全人類の三分の一が彼女の家臣だった。

すべての王のうちの王たるこの女王とは、どういう人物だったのだろうか。

ヴィクトリア・アレクサンドリーナは、1819年5月24日にジョージ三世王の孫娘として生まれた。彼女が王冠を戴いたのは十八歳のみぎりだった。よりによって、なぜ彼女だったのだろうか。ジョージ王（四世）には七人の息子と五人の娘がいたのではなかったか。その通りだが、その七人の息子と五人の娘のうちで、ヴィクトリアを除けば、ただの一人も嫡出の子はおらず、王位にのぼる正統の権利を持つ者がいなかったのだ。

栄光まぶしい戴冠式【1838年6月28日】の後の最初のご公務執行として、この若き女王のベッドは母親の寝室を離れて、自分の固有の一室に運び込まれた。彼女は不安そうな声で訊ねた、「本当に一人きりで寝なくちゃいけないの」と。お付きの者たちは彼女のことを「王座にましますす甘えっ子」と呼んだ。このような年ごろの多くの女の子と同様に、ヴィクトリアは秘密の願いやおびえの数々を日記に吐露していた。戴冠のあと彼女はこう記した、「わたしは年端もゆかないし、多くのことに経験不足だわ。でも、正しいことをしようとする気構えなら、わたし以上に持っている人はほんの少しなのは確かだわ」と。

統治の仕事を彼女は、リベラルな首相メルバーン卿【William Lamb, 2nd Viscount of Melbourne［1779－1848］、ホイッグ党政権の首相を二度にわたって務め、ヴィクトリア女王即位時にも首相だった】に任せた。これで毎日の心配事から解放された。それでも「ひどく長い夜」の孤独は残った。この事態は、ザクセン＝コーブルク＝ゴータ【地名からわかるように、ドイツはバンベルクから北に500㎞もないところにある。ザクセン王家との婚姻をむすんだことによる】のアルベルト（またはアルバート）公子と一緒になることで、初めて変遷を遂げた。これは一目惚れの恋だった。何通もの手紙がやりとりされた。ついに1840年に、待ち焦がれていた婚儀が王家にふさわしく華麗荘厳に営まれた。いわば恋愛結婚であり、模範的な夫婦（めおと）となった。アルバートのほうが、二人のうちでは性格的に強かった。市民的なモラルが良妻賢母というイメージを要求するのと等しく、ヴィクトリアは夫に仕えた。彼ら二人は共同して、政府の決定事項や法案計画を検討し、日常的な議案報告書を読んで決定すべきことを討論し、九人の子供たち、つまり四人の彦と五人の姫を産み生すほどに満ち足りたひとときも見つけられた。いまや女王は、1m56の身長にして、重量は248ポンド【1ポンドが約453・5gとされるから概算112kg】もあった。ロンドンの紳士クラブでは誰もが不思議がった、どうしてまあよくアルバートは、あの威厳あるお山のぼりをやり果せられるのだろう、と。1861年に《Prince Consort》（女王の夫君）が、誰もがアルバートを当時こう呼んだことながら、風邪をこじらせて亡くなった。ヴィクトリアは、その夫よりも四十年も生き永らえる運命にあった。

深い悲しみにくれて彼女はロンドンを去り、スコットランド高地に引きこもった。重要な政府の仕事でウインザー城に呼び戻されると、彼女は毎晩夫の衣服のお手入れに召使を手伝わせた。お湯が運び込まれ、石鹸とタオルが用意された。ときにはアルバートとの会話を始めることがあった。

彼女は、周囲の世界との現実的な関係を一切持っていなかった。上流のお嬢さんとして育てられた彼女は、*middle class*（ミドルクラス）よりも下層の社会がどんな様子なのか、かいもく知らなかった。家事手伝いとか、お針子とか、田舎や工場で働く労働者とかの生活状況などには、彼女は関心を持たなかった。彼女と同性の親しい人たちが、投票権や地位向上を求めて努力していることに対しては、嘲笑でもって応じた。《Women's Lib》という言葉を、彼女は嫌悪を覚える表現に数え、自分のいるところでは口にしてはいけない禁句とした。彼女の精神的な視野は狭く、その教養の程度もほんのささやかなものだった。そうであっても自分の確信を持てなくても、憮然として誇らしげに相手を出し抜く巧妙さを会得していた。何か自分の意に染まないときとか、ある問題に話を合わせかねるときとかには、彼女はよくこう言ったものだ、《We are not amused.》（そのことは気に召しませんね）と。こういう言い回しをすれば、彼女にとっては問題のテーマは片付いたことを意味したのだ。しかしながら、彼女はその時代のアイドルとしてまかり通った。

彼女の伝記を書いたKarl Rolf Seufert【別の筆名、Charles Hallgarten［1923－1992］、青少年向きのいろいろの国をめぐる冒険譚などを書いて何度もドイツの青少年向き読書賞に上がり、1962年にはゲルステッカー賞に、1974年にはクルト・リュトゲン・ノンフィクション賞に輝いた。ちなみにK・リュトゲンの生没年は［1911－1992］である。ヴィクトリア女王との関連は、そんなに多大な書物を出しているので、表題の上っ面だけでは見つかりにくかったところ、*Große Frauen der Welt*［Georg Popp. Hrsg. Unter d. Mitarb. von Agnes Emrich. Würzburg: Arena-Verlag］という書籍が典拠で、そこに収載された《VICTORIA Symbol ihrer Epoche oder mehr?》だ、とドイツ在の友人が、指摘してくれた。ここに謝して引用することにした】は、その事情をこう著わしている。「女王はその世紀の仕来りに従って教育され、あまりに完全に時代の女性だったので、ご自分の好き嫌いがあの頃の十年間の流れや理想と、継ぎ目もないほど融けこんでいたのだ」【引用参考文献の172頁に見出せる】と。

作家朗読つき講演旅行のあったいい機会に、私はコーブルクを訪れてみた。親交のあったある歴史家が、私にエーレンブルク城を案内してくれた。そこはアルバート公子の生誕した建物だった。たびたびここに寄留したクイーン・ヴィクトリアの寝室を覗いて、私は感嘆した。部屋の奥の端には、絢爛たる告解場よろしく、全体が白光りするマホガニー製の化粧台が立っているのだ。「1860年に設置されました。大陸で最初のWC。ロンドンからの直輸入です」と同伴者は私に説明した。「水は召使たちによって、ハンドポンプで地下室から上へと汲み上げられたのです。ほら、ごらんなさい、ここに女王が蠟燭を置いていたのです」

私はこの背の低い女王の姿を想像してみた。すべての宮廷の儀式から解放されて、2と2分の1ツェントナー（125kg）の王者らしい臀部を捲り上げ、夜などにそこのマホガニーの便座に座るところを。そのマホガニーこそ、自分が女王として君臨したインド産のものであった。

あそこにリフトがありますよ、と指さすほうに行ってみると、特別に女王専用にしつらえたものであり、女王は――四十歳にもなっていなかった――もう階段をのぼることができなくなっていたのだ。車椅子で大広間や歩廊を運ばれ、馬車には持ち上げの補助員を要し、お輿で担ぎ出されて、女王蟻のように、でっぷりして体を動かせなくなっているが、品位と堂々としたところは失っていなかった。

「ある雰囲気が女王の身に漂っているのだが、誰もが逃げ隠れできないのを意識している権力の雰囲気なのだ。彼女の体つきは小さいが、その外見や態度全体は、自分の偉大さや近寄りがたさをいかに強く意識しているかの証明でもある」と、バッキンガム宮殿での拝謁のあとで、サー・ヘンリー・モートン【Henry Morton Stanley［1841－1904］、本名John Rowlandsまたの名Bula Matari［岩を砕く者］は、イギリス＝アメリカのジャーナリスト、アフリカ探検家、著述家。さらに、そのアフリカ探検旅行や、一時、消息不明だったデーヴィッド・リヴィングストンの探索を依頼され、そのことに成功、コンゴの探究と開発で有名】は、女王のことを描写している。

「彼女は女王然とした怪物だな」と私の友人は語った。われわれが城の見学後にコーブルクの町のこざっぱりした飲み屋で、一本のワインを開けたときのことだ。「彼女は、われわれの歴史のうちで、もっとも絢爛とした時期のひとつに自分の名を残した。六十年以上にもわたって統治しつづけた。彼女が玉座にのぼったころは、人々はまだ中世とさして変わらぬ状態に生きていた。馬が唯一の交通手段だった。彼女の統治の終わりごろに、イギリスのどの都市も鉄道の駅を持つことになった。百年もの間、農民の人たちが土地を耕していたところには、工場などが建った。街灯の照明が夜を明るくした。自動車が大通りに溢れ出した。グラモフォンががなりたてた。最初の映画がスクリーン上にちらちら躍った。電報が大陸から大陸へと飛び交った。技術と科学がこれまでになかったほど世界を変えた。大ブリテンと、それとともにヨーロッパ全体が、歴史の頂点に達したのだ」「それにもかかわらず」と友人はきっぱりと確言した。「ヴィクトリアは、自分の統治時代に導入された極度の変化の分け前には、個人的には全然あずからなかったわけだ」

私は彼にどうしても反論したくなった。「クイーン・ヴィクトリアよりも沢山変革した支配者も、わずかながらいますよ」と。それでその論拠にロンドンのホールデイン教授【John Burdon Sanderson Haldane〔1892－1964〕、イギリスの科学者で、のちに政治的意見を異にしてインドを拠点とした。生理学、遺伝学、進化論的生物学を研究。さらに数学、統計学、生物統計学の分野でも活躍した】を私は引き合いに出したが、教授が次のように主張したとしても、決して誇張ではないのだ。つまり「ヴィクトリア女王は、ロシアやスペインの革命をよびこんだことに小さからぬ役割を果たした。もしもヴィクトリア女王が血友病を祖先から受け継いでいなかったら、歴史全体が違った経過をたどっていたかもしれない」という説だったからだ。

これに関して皆さんにぜひ知っておいていただきたいのは、血友病、またはHämophilie〔ヘモフィリー〕は、非常に稀有な遺伝病だということである。十万人に一人の血友病者（別名、出血性素因者）がヨーロッパでは見つかる。ヘモフィリーというのは、先祖代々の遺伝因子の欠陥のことであり、それが起因で罹患するのは男性の子孫だけとされている。女性の子孫の場合には、自分には悪性な病気の徴候があらわれなくても、極めて危険な欠陥を遺伝として受け継ぐのである。出血性素因者は、常に生命の危険に脅かされているわけである。ほんのちょっとした引っ掻き傷でも失血死の可能性がある。一匹の害虫に刺されただけでも、止めどもない出血を惹き起こす危険がある。一本の虫歯を抜かないといけないという事態は、死の宣告を受けたも同然なのである。血友病の相続人として最も有名な女性が、クイーン・ヴィクトリアなのである。彼女はヨーロッパの半分も占める王侯門閥に疫病をまき散らしたわけだ。

「そりゃわかってます」と歴史家は言った。「しかし、そのことはヴィクトリア女王の功績なんかじゃありません。彼女は遺伝素質の犠牲者なのです」

「その通り」と私は答えた。「ですが、誰がそうじゃないといえるのですか。遅くともダーウィン以来、私どもには承知なのですよ、人間は環境の産物であるだけでなく、何よりも遺伝の弄ぶお手玉でもあるということはね。女王ヴィクトリアはそこに存在しながら、――彼女がなんの関与をしなくても――歴史上で大方のほかの偉大な人たちよりもずっと創造的だった。だって、彼女の子作りで遺伝素質が次の世代に伝えられたばかりでなく、なにか完全に新しいものが生じたのですからね」

「どうして、なにか完全に新しいもの、といえるんですか」と私の友人は尋ねてきたので、私は言葉を継いだ。「ヘモフィリーはひとつの遺伝病です。ところが驚くべきことに、クイーンのご先祖にはこの病気が突き止められないのです。このテーマに細部にわたって携わっていたホールデイン教授は、ヴィクトリアの男性の先祖は誰もが高齢になっていて、血友病者として問題にならない点を示唆しています。教授が書いたとおりに言えば、こうなります、『遺伝子は、したがってある種の突然変異に起因した。その突然変異というのは恐らく1818年、つまりヴィクトリアの受胎期間に、ケント公エドワードの睾丸の細胞核で達成されたらしい、いうならば突然のショックの結果ととれる』とね」

遺伝子研究の今日の現況に照らせば、われわれはある種の寒冷ショックだったことを出発点にすることができる。

歴史的な状況を後追いして完成してみよう。1818年8月25日に戻ってみよう、ヴィクトリアの誕生よりも九カ月前のことだ。それは八月も遅い日々だったが、イングランド島にしては珍しく実に暑かった。ケント公はちょうど領地見回りの遠出から帰って来たばかりで、乗馬ズボンを脱ぎ棄てていたところだった。公爵夫人は気づかれずに衣裳部屋に入ってきた。びっしょり汗をかき湯気のあがっている殿御（とのご）の臀部に、彼女は目を走らせた。彼女は裸足で殿御の背後から忍び寄った。素早い玉握り。「おやっ、ダーリンじゃないか！　お前はいやに冷たい手をしているんだね。おおダーリン！」【原文ではO Auguste!となっているが、原作者が何か勘違いしたものらしく、訳者の疑問に対して訳のように訂正するよう申し入れがあった】ほんの一瞬にすぎない、しかし世界史はこの時から一変したのだ！　玉座はひっくり返った、その玉座に座るべき支配者は、まだ世に生まれ出ていなかった。革命者たちが権力を握るが、それらの名を知っている者は誰もおらない。新たな時世が始まる。

人間たちはいつも星を掌握しようと（手に入らぬものを得ようと）してきた、次いで王冠とか、剣とかも【原文ではgegriffenを使って、次に来る同語源のein Griffとまたも関連させている】。同じ掌握にしても、1818年8月25日にケント公の睾丸を掌握したことほど、射程の長い結果をもたらしたものは今まで一度もなかった。

物質としてのマルクス

Marx als Materie

カール・マルクスほど、後々まで影響を残すように歴史を変化させた人はいない、神の子イエスもまだ一度もしていないことだ。「マルクス主義的」だと自ら名乗る国々に、全人類のほぼ半数が今日生息している。しかも、いつも新しい社会革命の烽火（のろし）があがるところでは、カール・マルクスの名のもとに起こる。彼以前にどんな強大な力のある者も達成できなかったことが、彼にはうまく成功できたのだ。彼は地上全体を――いや、われわれの惑星体系を含む世界全体なるものを――ふたつの敵対する陣営に分裂させたのだ、資本主義の世界とマルキシズムの世界とに。

しかしその資本主義的西欧にすら、彼の亡霊が紛れもなくあちこちに出没している、イタリアやギリシア、それにフランスなどの共産主義を看板にする大政党ばかりでなく、いや、それどころか西ドイツでも、十人に一人が、カール・マルクスのなかにまったく個人的な模範を見ている。例えば１９６８年に、この世界変革者の１５０年生誕記念日になされたアンケート調査が示すように。

最近の選挙結果に照らせば、こうした人気傾向はいつの間にか、むしろもっと上昇しているようだ。

これが精神的な一種の視聴率なのである。イエス、仏陀、アブラハム、あるいはマホメットのように、彼よりも成功しなかった人類の先導者たちは、これを前にしたら羨望で青ざめてしまわなければならない。この人を見よ！　なんという人間だ！　新しい神の子だろうか。違う、もっと凄い、神を追放してしまった奴なんだから！

ＤＤＲ（東ドイツ）のあるマルクスの伝記では、次のようにいわれている。彼の主著『資本論』が、今もって聖書よりも全時代を通じて最上のベストセラーである、と。そのことは当たっていない。その理由は、聖書や『毛沢東語録』や『わが闘争』とともに、大部分が一般市販ルートで売られたのではない書籍同士であるからだ。それらの本は大衆普及版として無料で配布されたか、勲章のように豪華版として授与されたかしたものだ。第三世界のマルキシズムを信奉する大概の所帯では、『資本論』が唯一の書物である。いわばお飾りの十字架の代替物なのである。だからして、その書物は理解できるかどうかとは、まったく無関係なのだ。

論理の行きつくところ、自分の救済の使命にたずさわるにしても、誰もこの「書籍」なるものを読む必要もない。われわれの国【西ドイツを指すのだろう】でもその事情は違わない。

西ドイツの住民の十人に一人は、マルクスのなかに手本のようなものを見ているけれども、その10パーセントのうちでも、わずか四八八人に一人の割合の人が『資本論』を読んだだけで、しかもその本の隅々まで読んでいるわけではない。こう考えるのが合理的で、それもそのはず、マルクスは『資本論』を自分でも好きでなかったのだ。複雑なテーマの扱い方のために、この本を呪っていた。《Saubuch》「始末におえん本」だと名づけた。計画していた三巻のうち、彼が生きているうちに出版されたのは、ただの一巻だけだった。

イエスは多くの人々にとって、死後の世界でのより良いあり方を願う希望である。マルクスはその希望をより良き現世へと具現化しようとする。このふたつの場合とも、人はとことん信じ込まなければいけない。ということは、思索とは全然関係がない。マルクスをめぐる思索家たちの関係は、ヴァーグナーをめぐる音楽家たちの関係に似ている。ヴァーグナーを崇拝するのは、主要には非音楽的な人々なのである。

今、仮にすべてのマルクスの伝記に、「ものすごい思想の巨人」とか、彼の「巨人族（ティタン）のような思想建造物」とかが、繰り返し強調されているとしても、それは信心の篤（あつ）さから生まれたひとつの紋切り型の表現なのである。イエスがよい羊飼いでなかったと同じく、マルクスも深く問題を掘り下げて考えた思想家とはいえなかった。まさに表面的だったことで彼は、真面目にとりあげるべきほかのすべての哲学者と区別される。彼は自分の主張のために、確乎とした論拠ある証明を果たそうとする努力をしなかった。すべての偉大な哲学者たちが苦闘した有名な「最終問題」などは、彼の頭をまったく煩わさなかった。なぜあるものが存在し、またなぜ存在しないのかということは、彼の興味の対象にならなかったのだ、つまり彼は物質の優位を信じていたからなのだ。

しかもここにきてわれわれは、本来のテーマに逢着したのだ。もちろんカール・マルクスについては何千という本があるが、そのどれもが同じ誤謬に支配されている。それらはマルクスを理知的に捉えようと試みている。

しかしそのことで、著者たちは十八世紀と十九世紀の学者たちと同様に、同じ考え違いを犯している。すなわち動物を人間の価値尺度で測ろうとし、雌の野兎のなかに「愛情深い母親」を見たり、ライオンに関し「王者らしい気高さ」を見出したりするのである。『ブレームの動物生活』【動物学の参考書で1860年代に初版が発行され、人気が出て何回となく重版され、ドイツだけでなく世界各地で評判を得た。著者の名はAlfred Edmund Brehmアルフレート・エトムント・ブレーム［1829−1884］、ハンブルク動物園長、ベルリーン水族館長もしたことのある動物学者】は、こうしたナンセンスで一杯である。

われわれの世紀の初めごろは、子供はただ未熟な成人でしかない、という見たてが普通だった。現代の心理学は、子供をその人自身の精神的な構造から理解しようと試みだしている。次第に一般に認識された新時代の診察方法になると、診察対象者の主観的な尺度に基づかせるものであるが、これがまだ一度もカール・マルクスには適用されたことがなかった。

それゆえに『共産党宣言』の著者に遅まきながら、今日どんな子供、どんな動物にも与えられている正当な権利を与えてみよう。当然ながらわれわれには、できるだけ完璧に期そうという意図などあろうはずがない。そんなことは、東西【ここでは東欧と西欧というよりも、数十年前の東ドイツと西ドイツの対比のようだ】におられる数多のマルクス主義派の歴史家にお任せしよう。われわれはただ進むべき方向を示そうと思うだけだ。

カール・マルクスの教説は、次なる主張に基づいている。すなわち、われわれの存在を決定しているのは意識ではなくて、その逆であって、われわれの意識を規定しているのはわれわれの存在である、ということだ。

マルクスがそんな考えで言っているのは、精神が物質を形作っているのでなく、物質が精神を形成しているということだ。したがって、マルクスを知性から捉えようとすることは間違っている。優勢を誇っているのは身体だということになる。

われわれが取り組むべきなのは、したがって論理上カール・マルクスの身体ということになるだろう。われわれは物質を観察しよう、弁証法的な物質主義を世界宗教に高めたこの男の身体的な状況を観察してみよう。

マルクスは二十歳のときすでに、結核症の疑いのために兵役から放免された。トリアー【ラインラント＝プファルツ州の首都。ルクセンブルクとの国境近くを流れるモーゼル河畔の町で、マルクス出生地】市区地域の1839年の召集リストには、被検査人は「胸の弱さと定期的な喀血のため」入営失格者と診断された、と記されている。ほとんど同時に眼の炎症が出ていて、結核症か、結核性のアレルギー疾患と診断されたのだ。そもそも肺癆（はいろう）は、この弁護士一族の遺伝的なものだったらしい。1837年に弟のエードゥアルトが十二歳でこの病で死んだ。ほかの四人の兄弟姉妹もまた同様に若くして結核に斃れた。

三十歳のときに肝臓病が発症し、四年後に重い肝炎に進展した。それに加えて1857年に黄疸（おうだん）が追い打ちをかけたため、かなり長期にわたってベッドに縛られることとなった。1859年には彼の胆嚢（たんのう）疾病と肝臓病のために、エンゲルスに次の手紙を出すまでにいたった。「小生の長の無沙汰は君にもすぐに明瞭になるでしょう。もしも君が膨らんだ肝臓を付随のすべての器官を併せて実感できればね。およそ十二週間前から小生は、こんな馬鹿げたことで、以前よりもよけいに悪戦苦闘していたわけです。それに君は思いもしないよね、こんなことがどのように人間の士気（モラール）に影響を及ぼすものかをね、頭には愚昧さと、四肢には **Paralysis**（麻痺）を感じるのだからね」

１８５２年以来、マルクスは仕事もままならないほどの痔核に苦しんだ。彼は不平を鳴らしたものだ。「こりゃ地獄だぜ。このプロイセン式（彼は自分の痔核を強調しようとして、こんな比喩を用いた）は、立つも座るもならず、さらには横になるのも許してくれないんだ」と。

１８６３年からはひどい癤（おでき）に悩まされ、これは手術しなければならなかった。この疾患は苛（さいな）まれる患者が阿片を摂（と）らざるを得ぬほどまでに達した。乗り越えたオペの後のことだが、ヴィルヘルム・リープクネヒト【Wilhelm Martin Philipp Christian Ludwig Liebknecht［１８２６－１９００］、ドイツの社会主義者で、現在のＳＰＤの主な創始者の一人。マルクスの理論を、政治的な行動で支えた。ちなみに、カール及びテーオドーア・リープクネヒトの父】に宛てたマルクスの妻の一通には、こう書かれている。「今や、温罨法（おんあんぽう）（温湿布の類）が始まった、二週間前から夜昼なく、時計仕掛けのようにきっちり二時間から次の二時間へと続けたのです……ひどい苦痛や激しい腫瘍の膿の滲出による衰えに抵抗するために、落ちかけてきた体力をしっかり維持する必要がありました」と。

１８５５年からは、マルクスはしょっちゅう咳き込まずにいられなくなり、ために睡眠も途切れがち、肝臓の痛みを強く刺戟した。かかりつけの医者は、彼にしきりに転地を勧めた。マルクスはこぼした。「ぼくはここから出て行かなきゃならん、としたら、自分の脳みそまでクソミソになっちゃうな」と。

この悪性の咳は次のような様相を呈した。つまり１８７７年1月にオペで懸壅垂（のどびこ）を短めに切り詰めたが、患者の状態は一向によくならなかった。彼は絶えず風邪をひいた。１８７９年以降、彼の咽喉疾患は悪化の一途をたどった。エンゲルス宛の手紙の一通に彼は嘆息を漏らした。「小生の咳き込みは日に日に悪くなるばかりで、喀痰はひどいものだし、何よりもかによりもある種の不快感に襲われ、この病気に左の脇腹がもうこれっきりというほどにのされて、小生の精神状態までが極度に押さえこまれてしまった」と。

南イングランドでの療養も、アルジェ【アルジェリアの首都】の逗留も、回復の兆しをもたらさなかった。次から次へと新たに風邪をひくので、いつも室内に閉じこもっていることが強制された。１８８３年1月この重病人は、気管支炎と咽頭炎を惹き起こした。彼はもはや飲み込む力を失った。さらにそれに加えて肺潰瘍が併発した。１８８３年3月14日に、死が彼を苦境から救い出した。

イギリスの死亡診断書は、死因として《Laryngitis》（喉頭炎）なる病名を挙げている。死体の剖検は行なわれなかった。今日では、マルクスは結核症で死んだのだという点で、医師たちは一致している。繰り返し言及された眼の炎症も、慢性的な気管支炎、喉頭炎、それに「ひどい」喀血を伴う生涯にわたる咳き込みなども、結核症であったことを物語っている。

カール・マルクスの病歴を書き綴れば、きっと数冊ものノートが満たされるだろう。成功者のうちで、こんなに病気だったのはごく少数だ。

もしも読者のみなさんがこの話を聞いて、そんなことに誰が関心を持つだろうか、とか、マルキシズムがカール・マルクスの病気の身体とどんな関係があるのか、などと反論すると仮定して、もしもみなさんがその通りに質問するなら、みなさんはマルクス主義の教義である、人間の意識を規定しているのは人間の存在だということを、理解していないことになる。身体的な周りの事情が精神的な心組みを規定している、という考えなのだから。

マルクスに対し公平を期するとすれば、われわれは次の質問をせざるを得ない。つまりどのような方法で、「物質のマルクス」が「意識のマルクス」を形成したのだろうか、と。

結核症ほど、物質破壊的な病気はほかにない。制御がきかなくなるほど組織細胞が増殖することで、身体的な物質がもっと増えさえする癌とは反対に、Schwindsucht（消耗性疾患）の場合にはその疾病患者は、火に近づけた氷のように融けだすのである。ほんのわずかな疾病にしか見られないものだが、消耗性疾患は然るべくしてその名称をいただいたのだ。われわれが承知している如く、どんな運動も反対運動を生む。疲れ切った子供たちや、死んだようにぐったりしている患者たちが、深い眠りが襲う前に消耗性の熱のせいで、もう一度生気を取り戻すことはしばしば観察される事実である。そのことは歴史にも見られる。バイエルンのルートヴィヒ王は、次のことをちゃんと見せてくれた。死にかけている君主たちは、自分のためにこの上ない華麗な城を建てるのだ、と。

マルキシズムに関しても、事情は変わらないのだ。結核患者だけがこうしたマルクス主義を考え出すことができたのだ。消えかかろうとする前に、もう一度燃えあがる蠟燭の炎のように、結核患者は自分の生存のすべての組織力をあげて、融けゆく物質にしがみついたのだ。われわれが失うものほど、われわれに貴重に見えるものはない。このことは誰しも経験上、周知のことだ。マルキシズムが結核患者の産物であるところが相当にあるので、この主義は本当は《Tuberkulismus》（結核症主義？）と呼ばれるべきだ。この観点に立って初めて、急速に世界に広く拡散したことが説明される。

カーライル【Thomas Carlyle［１７９５－１８８１］、イギリスの歴史家、評論家。主な著書をあげれば、『衣装哲学』、『フランス革命史』、『英雄及び英雄崇拝』、『フリードリヒ大王伝』などがある。ドイツ文化にも興味を持ち、ゲーテとの往復書簡もある】が信じたように、「偉大な人間が歴史を作る」のでなくて、微小なバクテリアやウイルスが作るのだ。ヨーロッパの新時代も、ペストの猛威とともに始まるわけである。僅少の遺伝子欠損がわれわれの地球を、世界大戦よりも決定的に変えるのである。

このことはマルクスにも、また結核症にも当てはまる。

どんなイデオロギーが近ごろ迷い出る幽霊のAIDSを生むのだろうか、どなたが知っているだろうか。

『共産党宣言』もまた、「ある種の幽霊がヨーロッパに出回っている……」という言葉で始まっていないだろうか。

鉄製の腕をしたカメレオン

Das Chamäleon mit der eisernen Faust

シェーンタール【バーデン・ヴュルテンベルク州のキュンツェルザウの北西にある村】の修道院【ヤクスト川の流域に臨む昔からの修道院】の中庭を囲む回廊歩道の地下に、２００年前からベルリヒンゲンの騎士たちが安らかに眠っている。ずらりと見事に並ぶ平石碑がわれわれに伝えるのは、誇り高い人士たちであった、石を等身大に切り込み、剣を携え、兜や甲冑をまとって身ごしらえをしている。以前はその人士たちを模写した石像は、墓石の上に寝かされていた。バロック時代【十六世紀後半から十八世紀初頭】に修道院の改修のあと、人々は彼らを敵前逃亡者と判決を下したかのように、生まれた順に従って一人ずつ壁際に立たせておいた。

そして今日もなお、その石像はそのままそこに立っている。その眼差しは——いつもそうしていたように——見学に来た市民たちのほうに落とし、自分たちの復活を待ち望んでいる、一人を除く全員が。その一人だけにこそ復活が、ドイツの最大の詩人によってすでに与えられたのだ。

あの人物、あの鉄製の腕をした騎士を知らない人が、誰がいよう。毎年毎年、ヤクストハウゼンの夏祭りの期間中だけのことでなく、なにしろゲッツ殿が卑猥なお値打ち品を、お待ちかねの観衆に向かって投げつけるのだから。ゲーテの言葉ながら、ドイツで頻繁でしかも好んで引用されるものに、ゲッツ・フォン・ベルリヒンゲンの次のセリフほどのものはない《Er aber, sag's ihm, er kann mich am Arsch lecken.》（「どっこいあいつのことか、あいつに言ってやれ、おれのことはほっといてくれ」【原義は「おれのけつを舐めてりゃいいんだ」からだが、ゲーテの創作なのでなくて、シュヴァーベン方言の挨拶にまでよく用いられていたもの。あのスカトロジー大好き人間のモーツァルトは、カノンとして曲まで残している。ここにあがるRedewendung（言い回し）も、わざと下品な言葉遣いをして自分には敵意がないことを表明するのに使われたAbwehrzauber（嫌なものを追い払うまじない）らしい】。

私の小学校の教科書版には、最後の三つの言葉が欠けていた。その代わりに点線になっていた。教養ある御仁（ごじん）はやはり知っていたのだ、ゲッツが皇帝陛下の隊長にどんなお値打ち品を売り込もうとしたのか、を。

ゲーテの初稿では、《Er kann mich im Arsch lecken.》となっている。どうして《im》から《am》になったのかは、ゲーテ研究がいまだに満足に解（と）いていない奥深い秘密に属する【ゲッツ・フォン・ベルリヒンゲン・アカデミーがテュービンゲンにあって、今なお研究にいそしんでいるとされる】。ゲッツはその有名な箴言（しんげん）を隊長に向かって言ったのだとしても、彼のお値打ち品とは、とどのつまり皇帝の言い分に向けられたのだ。そしてこのことは、途轍もなく大胆なことだった。なぜかといえば、皇帝はともかく権力ある君主だったのだから、それにゲッツは……そう、ゲーテが不滅の男に仕上げたあのゲッツ・フォン・ベルリヒンゲンとは、誰のことだったのだろう。実際のところどんな人物だったのだろう。

シェーンタール修道院の彼の平石碑が示しているのは、小太りの老人で、団子鼻をし、おどおどした鼠のような目つきで、頭は禿げ、髭が濃く、恭（うやうや）しく畏（かしこ）まっている姿だ。これは驚くべきことだ、なにしろ、ベルリヒンゲンのほかの人士は誰も彼も、誇らしげで、畏まってなんかいられるかと言わんばかりに、背中を真っ直ぐにしている、まるで人々が彼らにそんな姿勢をとるよう期待しているみたいなのだ。

　万一、実際のゲッツが、毎年彼を賛美するために演じられる多くの野外劇場のひとつに、主役をやらせてくれと頼みこむことがあったとしたら、その勇気を人は冷笑するだろう。それにしたところで、彼の風采にもいいところがあるさなんて、誰にも言えるわけがない。そこでわれわれは、この《ドイツの原型的な騎士の英雄》のなした行為に取り組んでみよう。

「ヤクストハウゼンは、ヤクスト川に臨む城館と村であり、二百年来ベルリヒンゲン領主一族に相続権及び所有権があるとして帰属している」、と芝居のなかでいわれている。ゲーテはこの説明文を――他の多くもそうなのだが――よその典拠から書き写しとっていて、それも詳しくいえば、南ドイツの帝国騎士の家系図である古い『ビーダーマン』【まずここで《Biedermann》といっているのは、『マイヤー百科事典』の代わりに、その編纂者やその関係者のMeyerで代表させたのと似た表記方法だろう。そういう考えに基づいて、その可能性のある人物を一人挙げておく。Johann Gottfried Biedermann［1705－1766］、最初神学を学び、僧籍を経て何巻もの系譜学の参考書を書き残し、主にフランケン地方を中心にしたものだが、かなり浩瀚（こうかん）な著作で当時としては基本文献と見なされたという】からのことである。このゲーテに由来しない言葉こそ、唯一本当に真正のものということになる。残りの部分は勝手に創作されたものだ。歴史上のゲッツは、ゲーテのゲッツとは相違する。ヴァーグナーの『ニーベルンゲン（の指輪）』中のヴァンダル族【ゲルマン人の一部族。歴史的にはヴァンダル族は五世紀にローマに侵入、現在でも破壊者の代名詞となるほどの破壊活動を行なった】が歴史上のヴァンダル族と異なるように。そのことについては、誰もが一言も費やす必要がなかった、ヤクストハウゼンやそのほかのどこでも、これは歴史上にあったドラマなのですよ、といつも繰り返さなかったとしても。さらにそのことは、バート・ゼーゲベルク【東ホルシュタインの丘陵地の都市、シュレースヴィヒ・ホルシュタイン州】でのカール・マイ【Karl Friedrich May［1842―1912］、ドイツの人気作家。アメリカ西部を舞台とするインディアンの生活に材をとった冒険小説などで有名】の野外劇場でも同じである。

実在のゲッツは、その洗礼時にゴットフリートと名づけられた。彼は1480年に、騎士キーリアーン・フォン・ベルリヒンゲンの息子として、この世に生を享けた。十五世紀の若い騎士には、これから進む職業上の経歴として、原則的に二つの道が開かれていた。教会と戦争請負である。父は教会に入れと決定した。幼いゴットフリートは、ラテン語学校に入るようニーデルンハル【コッヒャー川沿いの町、シュヴェービシュ・ハルの北西、バーデン・ヴュルテンベルク州】に送られた。ところが愚かな真似をしでかして、一年生になったばかりで、すでにクラスを馬小屋と交換しなければならなくなった。彼はアンスバハ【ニュルンベルクから南西に40㎞ばかりのところ】の辺境伯のもとで騎士見習いになった。1499年に彼はコンスタンツ【ボーデンゼー湖畔の都市、バーデン・ヴュルテンベルク州】の帝国諸侯会議のみぎり、初めて皇帝に拝謁し、天にものぼる感激を受けた。このときには《Leck mich am Arsch!》と口走る様子は、露ほどもうかがえない。いささか愚かにも、数年たってから彼はこの偉大な瞬間のことを、「わしのほうはあの人の鼻を見たら、ああ、あの人だったな、と分かったぞ」と思い出している。帝国諸侯会議に皇帝が、表向き正装で着飾ってきらびやかにしていれば、よりによって鼻より目立つ識別の目印があったかどうか、もう今さらわからなくなった。

　アンスバハの辺境伯は、当時帝国都市ニュルンベルクと係争中だった——決して大きな係争ではなくて、戦争というよりは戦争ごっこだった。１５０４年にランツフート【イザール川沿いの都市、バイエルン州】の市門の外でのこうした小競り合いのひとつで、ゲッツは右腕の下膊（かはく）を失った。二十四歳のときだ。戦士としての経歴は、始まったと思う前に終わっていた。状況からはそう見えた。一本腕の男はヤクストハウゼンの父の居城に引っ込んだ。オルンハウゼンの鍛冶職人が領主のために素朴な鉤（かぎ）腕を鍛造してくれたが、後に熟練の名工による鉄製の義手に差し替えられた。ゲッツは結婚し、脂肪がつき始めた。一番困ったのは退屈だった。精神活動だなんて、彼の知るところでなかった。もう間もなくしたら、セルヴァンテスの有名な騎士ドン・キホーテのように、でっかい英傑の所業を夢見て、敬虔なる騎士聖ゲオルク【ローマのディオクレティアヌス帝のときの殉教者（３０３年頃）でドラゴンを退治した伝説のある騎士】のように、抑圧されている人たちやひ弱な人たちの擁護をしようかと思っていた。強力な都市ケルンに彼が宣戦を布告したのも、シュトゥットガルトの仕立屋職人が、拝領して当然な射撃王の賞を渡しぶったからだ、ということがわれわれに知れている。都市ニュルンベルクに対して挑戦を予告したのは、ニュルンベルクがキッツィンゲン【ウンターフランケン地方のマイン川沿いの都市、ヴュルツブルクの南東ほぼ30㎞のところ】の家畜商と遺産相続の係争を構えようとしたからだ。実際にはケルンもニュルンベルクも、射程距離がかなり遠くに位置していたから、それだけ勇気凛々となったままでだ。仕立屋の名誉や家畜商の権利なんか、どうなろうと彼にはなんの関係もなかった。名誉とか権利とかいっても、ケルンやニュルンベルクの商人を襲い、略奪する法的なきっかけを生む口実にすぎなかった。彼の時代のすべての騎士同様、彼は都市という都市を軽蔑していた。出入りする都市の旅商人たちは、ペテンにひっかけるいいカモでしかなかった。

中世の封建社会では、人間の役割は改変を受けずに固定していた。誕生のときにすでに自由な領主であるか、農奴であるかが決められていた。神の嘉し給う三つの身分があった、つまり貴族、教会、それに農民である。農民ということに決まれば、ほかの身分の人たちも含め全員に栄養をとらせ、服を着せなければならなかった。その代償に彼らは庇護され、神聖な秘蹟（サクラメント）を授けられた。

こうした神政政治にあっては、それぞれの都市は異物だった。都市は強固な市壁に守られて、次第に大きく、しかも次第に富裕になったが、一方騎士貴族は次第に貧困化するようになった。騎士たちは祖先から受け継いだ権利を自慢にして、古くからの理想にしがみついているのに反し、自由な都市のなかでは新時代への対応が実施されていた。簡素な自然産業物の交換経済から進展して、フィレンツェ【北イタリアの都市。1434年にコシモ・メディチが共和政体を維持したまま、一族の支配する都市国家となった。安定した金融資本を背景に富裕な市民階級が繁栄した。芸術の都とされるのも、そうした現実的な基盤があったればこそのことだった】からリューベック【北ドイツはシュレースヴィヒ・ホルシュタイン州のハンザ同盟（十三世紀―十七世紀）により発展した都市。海外との取引で一時優勢を誇った】にいたる銀行間連携による近代的な信用取引が発展した。手仕事が拡大した。最初の大学がほうぼうに建ち始めた。新しい生活感覚が目覚めた。

保守的な諸勢力は、それらすべての先頭に立っていたのが古い騎士貴族なのだが、社会の新しい展開に対してぎこちなく敵意をむき出して対峙した。ゲッツ・フォン・ベルリヒンゲンとて、死ぬまで次のような見解をとっていた、つまりキリスト教徒たるものは、神の全能が自分を置いた場所に誰しも居続けねばならん、というものだ。彼はもちろんこう考えていた、俺さまのような騎士貴族はどんな時代がこようと、それに自分からどうこうしなくとも、騎士貴族にとどまる権利があるんだ、と。

ゲーテの作品では、ゲッツが「自由だ！　自由だ！」と言って死ぬ。

歴史上のゲッツは、自由なんてものは、秩序紊乱（びんらん）への危険な手段だと思っていた。「どんな人でも、身分が要請しているものにちゃんと従わないといかんな」というふうに、彼は要求したのだ。というのも彼は、自身のことを「貴族の篤実なる老将」と呼んだからだ。しかしながら、誰もがこの貴族のことをどう評価すべきかは、彼が身分同等の階級の人たちからさえも、見境もなく強奪した残忍な方法を見てわきまえているのだ。
老フィリップ・フォン・ヴァルデック【Graf Philipp II. von Waldeck［１４５３－１５２４］、ゲッツが略奪行為の後にヴァルデックの領地に定住しようと思っていたら、フィリップ二世伯爵がこれを禁じた。何が直接の原因か不明ながら、本文に出る以下の紛争状況と変わらないようだ】は、ゲッツが挑戦状をつきつけた都市のひとつに好意を寄せていた以外に、何ひとつ違反を犯したわけでもないのに、１５１６年に《鉄製の腕をした騎士》によって奇襲を受け、窓のないじめじめした城の地下牢に閉じ込められた。ご老体は衰弱していたので、長期の拘束を生き延びることができなかったであろう。彼は命乞いに全財産を差し出した。８４００グルデンの放免料を払う条件で、彼は生きているというよりも死んだも同然で釈放された。ゆすりの総額がどれだけの高さだったのか、ゲッツがその分捕品でネッカー川を望む自分の城郭、「帝国都市、諸君侯、教会のお偉方に叛旗をひるがえす者にふさわしい、真に誇らしげな領主の館」を築いたのを知ったときになって、初めて誰もが悟ったことになる。

１５２５年に農民たちがその領主たちに対して蜂起したとき、ゲッツ・フォン・ベルリヒンゲンは貴族と蜂起した農民との間の仲介役を買って出た。自分が針のむしろに座らされないように神経をつかい、どっちへ転んでも大丈夫なように手立てを打った。彼は農民たちの信頼を巧みに手に入れ、彼らの極秘の作戦計画を貴族側に漏らした。しかし反対に彼は、近くのホルネク城砦【ネッカー川沿いのグンデルスハイムというところにあった城。ドイツ騎士団が１２００年頃に創建した古い歴史を持つ。本文にもあるように1525年頃に徹底的に破壊されたが、現在再建され、養護施設、その他に使われているという】に、立てこもるドイツ騎士修道会士たちのような自分と同身分の人士も裏切った。農民たちは使用に堪える大砲なんか一門も持っちゃいない、と確約したのだ。この庇護をよそおった側の誘導に惑わされて、城砦は奇襲を受けて攻め取られてしまった。ところが裏切りはこれにとどまらなかった。彼は農民たちをこう説き伏せた、ホルネク城砦を基礎にいたるまで徹底して破壊してしまえ、そうすれば競争相手の隣人をこれっきり閉め出してしまえるしな、と。

最初の成功に意気の上がった農民たちからは、隊長に担ぎ出されたが、もちろん一定の期間までのことで、危険がつきものの荒仕事からいつでもおりられるためだった。農民たちが戦いに立ち上がった理想や権利などは、彼にはどうでもいいことだった。そんなことは、彼の理想や権利とどっちみち矛盾していた。戦闘の趨勢が一変すると、ゲッツは自分の手下の農民たちとともに、蜂起農民の本隊と袂を分かつことにした。このことを決すべきぎりぎりの時間でもあった。そのわけは、保守勢力があらゆる前戦で勝ちを占めたからである。タオバー川流域にあるケーニヒスホーフェン【タオバー川に臨む都市、バート・メルゲントハイムの北西、バーデン・ヴュルテンベルク州】近郊で、劣悪な武器装備しかなかった農民たちが殲滅された。勝者の復讐は苛烈を極めた。ゲッツは、忠実な手下の農民たちに無条件降伏をせよと命じた。彼自身は自分の城郭に引き返した。ここで自分の行為を弁じたてた釈明書をしたためた。どんな乱暴狼藉もはたらかぬよう、「狂犬の手綱を引っぱる」みたいに、謀反人たちを連れ歩いたまでにすぎません、といって。その文書のなかで、彼により指揮された農民たちを「不貞で破廉恥な輩（やから）」と悪者呼ばわりしたが、その文書を勝利者側の検察庁に差し出した。末尾に「農民側の反逆者どもの公正なお裁きを仰ぐために」と添え書きがあったが、そうなると、その言い分にたがわず徹底的に実施された。

ゲッツの最大の心配事は、自分の土地が没収されるかもしれないことだった。しかしこの心配は、確とした根拠のあるものでなかった。それからなお三十年もの長きにわたって、所有地どころか、隠退後に領主からの扶禄（ふろく）（一種の年金）が下賜される地位もそのまま享受できた。

1562年7月23日にゲッツ・フォン・ベルリヒンゲンは、「微塵（みじん）の疚（やま）しさもなく」と史籍にはあるが、八十二歳で永眠した。

彼が瞑目したときは、新教徒であった。生涯のうちで七回も信仰を変えていた。

彼の紋章に使った図柄は車輪だった。でも、その図柄は風見旗（かざみ）だったかも、いや、それともカメレオンだったかもしれない。歴史上のゲッツ・フォン・ベルリヒンゲンは、なんだかんだと言いたてる男ではなかった、別のほうの男【というのはつまりゲーテの作品中のゲッツ】のほうが、《ihn am Arsch lecken》（おれを放っておいてくれ）と要請したのだ。彼は自分のほうから、皇帝だろうと他のどんな相手だろうと、いざ必要とあらば、そして自分の利益になったならば、媚びへつらった（lecken）のだ。この男について鉄壁だったのは、その義手だけだった。

ドイツ最大の詩人が、このような風見旗にその渾身を籠めたドラマ作品を捧げることができたなんて、どうして可能だったのか。

この疑問に対する答は、古い衣装箪笥のなかにわれわれは見つけるだろう。

ゲーテの母方の先祖たちは、ホーエンローエ【十二世紀半ばに台頭してきた貴族名。この一族の影響力は、コッヒャー川、ヤクスト川、及びタオバー川が流れこんでいる、いわゆる現在でもホーエンローエ・エーベネと呼ばれる地域に浸透した。1806年のライン同盟条約により、バイエルンやヴュルテンベルクに併合された。1818―1819年にドイツに起こった変革までホーエンローエ家の家長たちは、重要な政治的優先権を保持していた】の役務に使われ、ベルリヒンゲンの土地で働いたことがある。ゲーテの母が結婚したときに、一緒に持参して来た箪笥のなかに、若きヴォルフガングが黄ばんだ一冊の小冊子を見つけた。『騎士ゲッツ・フォン・ベルリヒンゲンの回想録』であった。ゲッツの口述を晩年に書きとらせたこの『回想録』は、ゲッツの死後150年たってやっと、すなわち1731年にニュルンベルクで少部数印刷され、そののち忘却されてしまった。

大袈裟な言い方をしているのではなくて、次のことははっきり言える。騎士ゲッツ・フォン・ベルリヒンゲンがその不滅性を得たのは、虫食いだらけの庶民的な一棹の衣装箪笥におかげを蒙っているのだ。名声を得る事情というのは、時としてこんなに単純なのだ。

穢れなき懐妊

Unbefleckte Empfängnis

アリストテレスの説では、男どもは女どもよりも歯の数が多い、ということだ。何世紀も人々は彼の言い分を信じてきた。その際、それが真実であるかどうか確かめるためには、口をあんぐり開けてみさえすればいいだけだっただろうに。ところが誰一人として、歯の数を数え直した者はいなかった。

もしも、読者の皆さんがそんな話を聞いて尊大にも冷笑するなら、気をつけるようにしたがよろしい。われわれの考え方のなかにも、確かめるために誰も数え直さない、アリストテレスの虫歯のようなことがわんさとひしめいている。

繁殖のことを例にとろう、どんな人も直接、間接に関係があり、どんなに貞潔な人ですらも関係しており、もしもそうでなかったらどんな人も、この世に生まれてこなかったであろう。普通に考える人なら誰しも、あなた方に次のことを正しいと認めるだろう。一人の子供を産むためには、常にふたつのものが必要である、つまり一人の男と一人の女が必要である。もっと正確にいえば、雌の卵細胞と雄の精子ということになる。この事実を大抵の人は、自然の法則とをとっている。ところが、それは自然の法則なんかではなくて、単なる例外なのである。

自然には無性生殖の例が途方もなく多く存在する。庭を持っている人なら、誰でも知っていることなのであるが。取り木とか挿し木とかを植えつけると、新しい独立した植物が生え出る。藻類、蘚苔類、それに真菌類などは、受精ではなく無性の胞子によってふえる。ただ今度はあなた方が、そんなことは植物に当てはまるだけだと思うならば、自然の想像力（ファンタジー）をあまりに過小評価していることになる。動物界においてさえ、無性生殖は日常茶飯の出来事なのだ。

単細胞生物の何十億という大群は、ただ細胞分裂するだけで数をふやすことができる。ところが、淡水ポリープや珊瑚(さんご)虫類に見られるような多細胞生物のなかにも、他の性のパートナーも必要とせず、発芽とか芽体とかというものによる繁殖が存在する。

いろいろな「種」の梯子を上へ上へとのぼれば、それだけ無性繁殖はだんだん稀なものになるが、それでもあることはある。金も砂に較べれば稀少な存在である。だからといって、金の存在を疑うどんな人も愚か者ということになる。

かなり高度に発達した段階の動物の場合には、確かにもはや取り木現象は見られないが、ある卵細胞が突如受精なしに成長し始め、ちゃんと生育可能な動物に成長することは起こる。こうしたいわゆる処女生殖は、生物学者にはすでに大分以前から既知のことであった。もう二百年以上も前、スイスの自然科学者シャルル・ドゥ・ボネ【Charles de Bonnet〔1720－1793〕、十六世紀の宗教的迫害からジュネーヴに追いやられたフランスの家族の末裔。ジュネーヴに生まれ、自然科学や哲学の著述家。植物における葉の配列を表わすために、phyllotaxis「葉序(ようじょ)」という新用語をつくりだしたのも、彼に帰せられる】は、この「奇蹟」現象を知っていた。彼は油虫の卵をガラス箱に入れて観察していたところ、完全に孤立していた油虫がなんとふえ出したものだから、愕然とした。そうしている間にも、処女生殖は蠕虫(ぜんちゅう)類にも、昆虫類にも、さらに脊椎動物らにもあり、愕然の最たるや、爬虫類にもあることが判明したのである。処女生殖によってしか繁殖しない動物たちすらいるのだ、それらに属するのは、七節虫(ナナフシ)(Stabheuschrecken)などである。

われわれは、無性繁殖のプロセスを人工的につくりだすことさえできる。そのことは海胆(うに)類や蛙類の場合には、いとも容易に成功している。ときには、処女性のままの卵細胞分裂を行なわせるために、針の先で突くだけでいい。最新のやり方は、脱水処置や冷却ショックでなされる。ごく最近まで鳥類や哺乳類のような高度の脊椎動物の場合には、自然の無性繁殖はもう考えられない、と思われていた。前であげた動物の場合でも、受精していない卵が実験室の段階で成長し始めたのだが、いつなんどき観察しても、いつも胎生状の発展段階にとどまっていて、そこから生育可能な動物が現れ出てこなかった。テンジク鼠(モルモット)の例では、この細胞成長が最も高度の段階にまで推し進められた。

しかしながらこの見かけの難関も、われわれのたゆまぬ研究によって突破口が開かれた。アメリカの生物学者の W. H. Olsen 教授は、受精していない卵から父親知らずの七面鳥を孵化させるのに成功したが、この七面鳥はほかの仲間と全然区別がつかなかった。

経口避妊薬の発明者であるグレゴリー・ピンクス【Gregory Goodwin Pincus[1903-1967]、アメリカの生物学者で、合成の経口避妊薬ピルの発明者の一人】は、彼の実験室で父親知らずの飼い兎を飼育した。ロシア及び日本の遺伝学者たちは「穢れなき」テンジク鼠(モルモット)や二十日鼠を生み出した。

私が処女生殖のテーマに集中的に取り組めば取り組むほど、それだけ次の問題が私に押し寄せてきた、すなわち、このことが人間の場合にも存在するだろうかという問題である。

イギリスの遺伝学の女性学者のヘレン・スパーウェイ・ホールデイン博士【Helen Spurway Haldane［1915－1978］、イギリスの生物学者。前に登場願ったホールデインに従ってインドに1957年に移住したのも、彼の再婚相手だったせいのようだ。クリシュナ・ドゥロナムラジュなどのインドの生物学者とともに研究をつづけ、統計学の知識も深めた】は五十年代に、人間の場合では父親抜きの誕生が見られる統計的確率は、六十億分の一だという算定を出した。当時の出生率に照らせば、地球上でこれに類した事柄が少なくとも四十年ごとに起こるだろうし、そうなると六つ児の誕生の二倍ほどにも稀なことになるだろう。違いはただ次のようなことになる、つまり普通の性生活をしていれば、この衝撃的現象は母親には完全に気づかれぬままだということである。

スパーウェイ博士女史の講演は、何千という他の科学的な研究報告と同じく、おそらく忘れ去られたかもしれない、もしもロンドンで最大とされる日曜新聞の主幹編集者が、「同時代的な奇蹟」として市場に喧伝するために、その講演にあったアイデアをとりあげなかったならば。百万部もの発行部数の力を味方に編集者は、太字の大見出しで**《処女のまま母の身となったグレート・ブリテンのすべての皆さまに》**と謳って、こう呼びかけて依頼した。「万が一つ、皆さまが父親抜きで子供をこの世に出産した、と本当にまじめに確信しておられるのでしたら、どうか本社に一筆お便りください。そのことで学術に計り知れないご寄与を賜ることになりましょう」と。

八十七人の母親たちが申し出たが、そのうちの六十八人は予備検査で振り落とされた。残った十九人のケースは、あらゆる分野の科学者の検査スタッフによって、非常に徹底的に、遺伝学研究の現況に照らして検査された。私はその科学者たちの一人だった。

さて、読者の皆さんのうちの誰か彼かが、人間の場合に処女生殖がどうしたら証明されるのか、と質問するならば、答は全然難しいわけではない、実際には問題の複雑性があるからと予想するほど難しくはない。子供が母の遺伝素質だけを持っている、という証拠を示さなければならない。われわれはまず、母子の血をそれぞれ検査する。それだけでは確かに処女生殖であることが証明されるわけでないが、反証になることが確実に除外できる。

三日後には、調査に残った女性たちの半数が除かれた。メンデルの遺伝法則に従えば、沢山の優位性のある遺伝特性が存在する。仮に一人の母親が淡青色の眼をしていて、その娘が暗褐色の眼をしていたとすれば、優勢的な暗褐色の眼は、もっぱらペアリングの相手、すなわち父親からのみ伝来したとされ得る。

一週間もたったら、ようやく一人の母親だけがレースに残った。彼女はひときわ目立つブロンドで白い肌をしていて、娘と較べると、一卵性双生児が互いに似ているほどに似ていた。彼女の名はエミー・マリーア・ジェイムズといったが、ドイツ出身だった。彼女に関する報告は以下のとおりである。

「いつも気分が悪くて、特に午前中は、決まったように嘔吐しなければならなくなるほどだったのです。ハノーファーのドクターE先生のところに診てもらいに行きました。先生は私を診察して、わたしが妊娠していると診断を下しました。当時、わたしは二十一歳で、初めてひどい幻滅を味わってから、二年以上も男の人と寝たことがありませんでした。『きっと先生の診たて違いに相違ありません』とわたしは言いました。『そんなことは絶対にあり得ないことなんですから』と。先生は肩をすくめて、わたしに予告したのです。『六カ月もしたら、あなたにもわかりますよ、僕が間違っていなかったということが』と。実際にわたしは胴回りと体重がふえましたが、想像妊娠か何かのことかもしれない、と自分を慰めました。ほかになにか別のことなんか起こったなんて、ぜんぜん頭に浮かびませんでした。

　わたしはほかの医者に駈けこみましたが、その先生はわたしをもう一度綿密に検査し、想像妊娠なんかではありません、とわたしに保証しました。

　子供の心音が、もうすでに認識できるようになっていました。世界というものがわたしにはもはや理解できなくなりました。夜に横になって眠れずに目を開けていますと、自分の理解力を疑い出しました。わたしは記憶力を失ってしまったのだろうか。それとも催眠状態にあった間に、わたしは犯されてしまったのだろうか。わたしは若くて健康でした。わたしは勤めに出ていましたし、わたしの仕事は、いつも頭を鋭敏に働かせておく必要がありました。

　わたしの娘を出産したときになって初めて、頭では割り切れない驚きとか、わたしの身に起こった信じようもできぬことに対する不安は退いていきました。わたしの娘のモニカは、人目にも目立つ活発な子で、わたしはこれ以上ないほど幸せでした。ほかのすべてのことは、わたしにはだんだん二の次のことのように思えました。わたしはこのことについて誰にも話していません。聴いたとしても、誰がわたしの話を信じたでしょうか。

後になってわたしは、イギリスの占領軍兵士のビリー・ジェイムズと結婚しました。わたしの子供にとっては、これ以上のよいお父さんを見つけてあげられなかったでしょう」

この報告書を私は何度も読み返した。説得力がその報告書から伝わってきた。この婦人の話を私は信じた。

唾液分析と、極めて委細を尽くした血液テストが、母子の両方に完全にぴったりと一致したので、もうそれだけで奇蹟すれすれのところに達していた。検査に次ぐ検査を続けて、緊張がどんどん高まった。われわれは味覚テストを試みたが、このテストでは母子ともども、特定の化学物質を水中から味わい分けなければならなかった。というのもこの能力は、即ち遺伝的なものだからである。両人はまさにぴったりというほど同じぐらいに、この稀な才覚を意のままにこなしてみせた。

最後の決定的なテストは、一種の器官移植だった。ご承知のように一卵性の双生児同士の場合に限り、生体の組織が異物拒否を起こさずに移し替えられる。拒絶反応を薬剤で除去している場合は別として。

われわれは娘の皮膚の小片を母親に植えつけた。それは癒着した。信じられないことだった。本当に根づいたのだ。

公式発表機関のイギリスの医学雑誌『ザ・ランセット』が次のように告知したとき、検査にたずさわった医師たちの全員を代表して物申したことになる。『母子の間の合致は、医学の現況に従い、Parthenogenese（単為生殖）以外に説明がつかない、というほどのものである』と。これは処女生殖にあたるギリシア語起源の外国語である。

これは実際に巧くいった実験だった。科学は計り知れない体験を豊かにし、日曜新聞は数百万ポンド分を豊かにした。そして教会すらも、この出来事をまるで戦勝のように称えた。そして教会にとっては、われわれが成功した試みこそ、いわゆるマリアの「穢れなき懐妊」への科学的な証明ということになった。


一人のローマ・カトリックの枢機卿が、このテーマについて論文を書くように私に要請したときは、それゆえに私は驚きもしなかった。その論文を書いていたとしたら、世界中の相当数のカトリックの教会発行紙で発表される手筈だった。

残念ながら、そのオリジナルの原稿は手元から散逸してしまったが、当時私が書いたのは、ほぼ次のような概要だった。

『全能の神は、無限に多くの可能性を意のままに支配しておられる。神は自分の息子を、シルクハットから一匹の兎を取り出して見せる奇術師のように、不思議なわざでもってたやすく現出させただろう。イエスはしかし、聖霊のように天からおりくだり、成長し、全知全能だったのではない。イエスは母胎から生まれ、おむつにくるまれ、母乳を飲まされたのである。何千という子供たちと同じく、ずんずん大きくなり、食事もとり、眠りもとり、苦痛も忍ばねばならなかったのだ。この事実は強調されねばならない。なぜかというに、この事実はわれわれの目の前にはっきりと次のことを教えてくれるからだ、つまり、神は人間になった自分の息子を、その創造の自然科学的法則に徹頭徹尾したがわせたのだ。もしもそうでなかったとしたら、われわれはこんな科学的な検査を必要としなかっただろう。ものの道理はこういうことになる、つまり、もしもそうでなかったら、基本的にはどんな魔術トリックも可能となるからである。

教会の救済史において、われわれの先祖の人たちにまだ奇蹟のように見えていた多くのものが、その間に科学的に証明されたり、裏づけされたりした。ベトゥレヘムの星は、木星と土星の［合］だった。信仰に根ざした〈奇蹟による治癒〉は、今日ではどこの病院でもプラシーボ［Placebo］（擬似薬）で追体験されうる。復活や昇天のような実際の奇蹟などは、キリストの死後になって初めて起こったのであり、そのことはつまり計測可能な地上的な現実の外で起こったものなのである。キリストの生活そのものは、地上の自然科学の法則にしたがっていた。

カトリック教会は毎年12月8日を「穢れなき懐妊」の日として寿ぐ。ここで問題にしているのは、16日も後のクリスマスの夜に生まれたとされる幼子イエスの懐胎ではなく、母親、聖アンナによる処女マリアの懐胎のことなのである。カトリックの信仰によれば、これもまたひとつの父親知らずの出生だった。

この続けて起こった再度の処女生殖に関して、科学的な証明さえ存在する。アメリカの生物学者オルセンは、七面鳥を使った飼育実験の際に、処女生殖の能力は遺伝的なものであることを観察した。このことによってこの「奇蹟」もまた、合理的に説明できるものの領域に持ちこめるだろう。

しかしながら、次のような覆しようもない事実に関しては、違った状況にある、つまり人間の処女生殖の場合は、常に、しかも例外なく、生まれたすべての子孫は女性なのである。ほかにはあり得ない、そのわけは、男性の精子の細胞に存在するY染色体だけが、男の子を生むことができるからである。マリアの子に父親がいなかったとすれば、その子は女の子だったのである。神の息子と穢れなき懐妊とは、互いに排他的なのだ。教会が穢れなき懐妊のドグマ(教理)を墨守するならば、二者択一の一方だけが残るのみ、われらの主は女性で、神の妹、女の救世主、女の良き羊飼い、ChristusはChristaとでも呼ぶべき人だったという代替案だけが残る。

聖家族はヴァチカンの思惑とは反対に、純粋に女性だけの共同体だったことになる。このことを神への冒瀆ととる人は、女性、それとも神(いや、女神とすべきかな)のいずれかに対して混乱した関係を持つことになる』と。

終わりに私は、私の報告がどの教会発行紙にも掲載されなかったことを申し添えたい。

レオナルドの愛の計測器

Leonardos Liebesmesser

今年【原本の発行年が1987年であるので、その近傍の年とお考え願いたい】の2月4日にマドリドのナショナル図書館において、あることが起こったが、世界中の専門家たちによって「世紀の発見」との讃辞を献じられている。

二人の国立文書館の司書学芸員、エヴィータ・オルドネスとイサベラ・セルヴァンテスは、この日は図書館の地下の丸天井のある部屋で、古地図を選び出すのに忙しかった。それらの地図を今よりももっと広い範囲の読み手たちにも利用を図るために、モダーンなマイクロフィルムを使って、そのカタログ化を目ざそうとしていたのだ。仕事は時間ばかり食っていた。古いペルガメントの地図は、すでに大変破れやすくなっていたので、いつも指先をこまめに動かす神経をかなり必要とした。こうした作業をしているときに、二人の女性は「ミラノ、1506年」と記されたメモのついているひとつの地図帳につき当たった。その頃の総督だったシャルル・ダンボワーズ【Charles d'Amboise［1473－1511］、フランスの貴族で、ルイ十二世の統治期間にミラノ総督［1503－1511］をしていた。ミラノ滞在のときに、レオナルド・ダ・ヴィンチと知己となった】の所有に帰するものだった。地図をめくっていたら、二人のところに一枚の紙きれが落ちてきた。その紙きれは、色といい、紙型や書体といい、全然地理学的な記載らしくないものだった。彼女らは黄変色した紙に保修液を吹きかけてみて、自分らの目が信じられなくなった。二人の女性は、上部イタリアのことならあまねく知りつくしているわけではなかったが、眼前に広げられた絵図はミラノ周辺の風景と共通するところが何ひとつない、と咄嗟(とっさ)にわかった。確かにそこにもPoポー川らしきものがあるが、彼女らの前でむき出しにされているPoは、若い男性に所属しているものだった【ここでPoと書いてあれば、ミラノのそばを流れる有名なポー川のことを指す一方、ドイツ語の小児語または戯言ではお尻のこととしかとれない】。そのことにはどんな疑いも生じなかった。そのことに関しては――言葉の本当の意味で――ひとつの堂々といきり立ったペニスが証明していた【ここの「証明する」という動詞もまた、原文では《zeugen》を使い、ドイツ語で言葉遊びをしている。綴りがまったく同一の表記で、「生殖によってつくる、創造する、生む」の意も持つ】。

文部省での後日のプレス懇談会の席で、『エル・アルカサル』《El Alcázar》【スペインにある昔のムーア人が使った城、砦の意であるが、トレドのアルカサルの防衛をたたえようとして、主に当時の国家主義者たちが創刊した新聞名でもある。いわゆるフランコ政権下の穏健な傾向を保持し、軍事ニュースが主体で、刊行期間は［1936―1988］のもの】の発行者は、こう表明した、「二人の未婚のスペインの女性が国家業務において、図版を瞬く間に勃起した男根だと認めたのは、特徴的なことだ。カウディリョ【スペインやイスパノ・アメリカにおける独裁権を掌握した軍事指導者の称号。日本では総領、総統などと訳される。ここでは暗にフランシスコ・フランコ［1892―1975］のことを指しているのだろう】の死から数年たっただけなのに、スペインはどれだけ倫理的に絶望的な状態になっているか、証明すべきですな。まあ、けれどもわれわれは、あまり先走りしないようにしよう」と。

この「ポルノグラフィックな」紙きれが、正規の手続きに付されたわけだが、――そうした事務はスペインでは、われわれの国【ここも西ドイツのこと】よりも迅速ではない――文部省へまわして、さらにそこから大学へまわす、もっと詳しくいえば、芸術史及び文化史の教壇の現場に届ける措置がとられた。

オルテガ・ピカドール教授は恐らく、その紙きれの真価を最初に認めた識者だったことになろう。彼はこの発見物を見つけたその場で鑑定しようと、国際的にも定評のある四人のエキスパートを招請したのだ。私もそのうちの一人であった。

教授は私の真似のしようもない鄭重さ（グランデツァ）で迎え入れてくれたが、古い上流階級のスペイン人に典型的な物腰だった。彼は私を自分の執務室に導き入れ、壁際の金庫を開け、問題の紙をテーブルに置いた。部屋はシーンと静まり返っていた。時計だけがチックタック音をさせていた。コロンブスがアメリカ大陸に足を踏み降ろしたときも、そのような気持になったに違いない。私の前に広げられていたのは、われわれが類まれな才人からしか知り得ないような、いくら大金を積んでも手に入らない貴重品のひとつ、紛うことなきレオナルド・ダ・ヴィンチだった。

レオナルドだけだ、このような奇妙な嗜癖（マニー）を持っていて、自分の解剖学的な研究や技術的な研究に鏡文字を用いたりするのは。われわれの文化圏のすべての人がそうするように、左から右へと書かず、右から左へと書いた。その手書きの文字は、鏡の助けを借りて読み解けるばかりである。くだんの紙の文字もそのような方式になっていた。もちろん一種の計測用具のようなもののほうは、普通の書き方になっているのを私は認めた。私は大きい声で読みあげた、*Metrum potentiae*（能力の基準）と。

「Potentiometer または Potenzmesser」とピカドール教授は補足した。「ここを見てごらんなさい。*Angulus inclinationis indicat virilitatem* とあります。傾斜角度が男性能力を表わすということになります」

「信じられませんね」と不意に私の口から声が洩れた、「でも、この計測器は彼にお似合いだ！」

「えっ、どう理解したらよろしいのでしょう」と、教授は水を向けた。

「これだけ多方面にわたる俊才が、たずさわらなかったものなんて、何ひとつありませんよ。現在ウインザーのロイヤル図書館に保管されている、かの有名なレオナルドの解剖図のことは、きっとご存知でしょう。あの図は、膣に挿入して性交しているペニスを、写真で撮ったように精密に描いています。同じコレクションのなかに、子宮のなかに育っている胎児を描いた解剖図を私は見たことがあります。レオナルドは自分の手で、三十体以上の遺骸を腑分けしたこと、しかもそれぞれ違う年代の男女だったといわれていることを知っておられますか。ヴァザリ【Giorgio Vasari［1511－1574］、イタリアの画家、建築家、芸術史家。ルネサンス期の有名な画家などの評伝を残し、貴重な参考書とされている】を通じて、レオナルド・ダ・ヴィンチがすでに1498年に解剖学を学んだ、とわれわれは知見を得ています。この紙きれはどうやら、ようやく1502年頃に書かれたもののようです。この画は先の丸くなったペンで、版画彩色したざらざら紙の上に描かれていましたね。大変急いでなぐり書きしたものだ、とあなたにもわかるでしょう。描線は硬く、感情がこもっていませんし、生気がありません。1498年代のきれいな解剖図に較べたら、後期に入ってからのこの描き方は、驚くほど潤いが乏しい。描き手にとっては、構図の完成よりは学問的な認識のほうが重要なのだということが、誰にも気づかれます。彼の後期の構図本位の素描は、ほとんどどれもがそうなっています。多くのエキスパートはそのことを、彼の体力の衰えと見なしました。私はそうした考えに与することはできません」

「あなたは、本物のレオナルド・ダ・ヴィンチの作だ、と確信なさっていらっしゃるのですね」と教授は訊ねた。

「私と同様、どんな疑問の余地もないことは、あなたもこれで納得ですね」と、私は答えた。

「納得です。ただ、あなたのお口から直接お聞きしたかったのです」

翌日予定されていたプレス懇談会の招待を、私は謝絶した。こうした類の催しが私は嫌いだったし、できる限り失敬することにしている。その代わりにこの機会を利用して、――いつも通りのことながら、どうせマドリドに来たからには、――プラド美術館に寄ることにした。私にしてみたら、地上でここほど完成度の高い絵画コレクションはない。しかしながら、今回は巨匠たちの作品群を観て楽しむ気がしなかった。（あんな模写図を描き残して公にさらすことになった）レオナルドのことが、気持から離れなかった。ティツィアーノやルーベンスの裸体画を前にしたら、十八世紀の終わりごろ、これらの「猥褻な」絵画を、政権にあった人たちが大真面目で焼却してしまおうという考えを抱いたのを、思い起こさざるを得なかった。

仮の話、レオナルドの性交能力の計測器が、もう数年でも早く当局に捕捉されていたとしたら、疑うべくもなく灰燼に帰するまでに焼却されてしまっただろう。

性交能力の計測器は、比類がないほどのセンセーションである。『モナ・リザ』や『最後の晩餐』の創造者レオナルドが、同時に性交能力の計測器の設計者でもあるとは！　描画ではっきりわかるように、ここでテストに臨んだ男性が、ピンと張り切った陰茎を挿入しているのは、ひとつの測定器だと示されているのだ。性交能力の測定器は次に、その直立不動性、膨張力、勃起角度に基づいて、男性力なるものを測定するわけだ。

これに付け加えて誰しも承知しておかなければならないのは、過去の人間たちはこうした類のことに鷹揚な関係を持っていたことである。ポンペイの再度掘り返された住居《Casa dei Vettii》【カサ・ディ・ヴェティ、ヴェスヴィオの噴火で埋もれた遺跡を掘り起こしてみれば、かなり破損を免れた住居跡が出てきた。その二人の所有者らしい名前Aulus Vettius Conviva及びAulus Vettius Restitutusが由来とされるが、それもたまたま、二つのブロンズの印章にあった記名だというだけで、議論の余地があるとされる】では、保存のよい壁画を見て感心することがある。男性の一群が自分たちの男根で錘を持ちあげているところを描いているのだ。これを達成するために、亀頭の真うしろに革紐がつけられていたし、その下の端っこには一種の秤皿がぶら下がっていて、いろんな錘がその皿におかれたりしていた。ローマの剣闘士（グラディアトーア）ルーツィウス・マルツェルス（Lucius Marcellus）に関してわれわれが知っているのは、彼が――今日の重量単位で換算すれば――スポーツ仲間うちでよく話のタネにされたことだが、7kg以上を「魔羅（まら）で持ち上げた」ということだ。このようなまさしくオリンピックらしい競技は、もちろん話題にのぼったし、いの一番にローマのご婦人方の間で口から口へ伝播（でんぱ）された。特にローマの皇妃だったメッサリナ【Valeria Messalina〔20－48〕、四十歳後半のクラウディウスと二十歳の時に結婚したが、性欲が満たされなかったようだ。ローマの売春宿にスキッラという変名でたむろし、あるときには二十五人もの男を一夜で相手にした、とされる】は、競技場の重量挙げの若人（わかうど）たちにかなりの偏愛を抱いたものである。《schwere Jungs》というドイツ語の言い方は、剣闘士（グラディアトーア）の修業にある若い青年たちに由来するといわれている。《Gladiator》という言葉そのものも、ここに起源がある。

Gladius というのは、ただ重い剣の意味だけでなく、直立した男根の意味でもあったからである。一人の剣闘士はしたがって〈Schwer-Schwert-Träger〉「重い剣を持つ人」だけでなく、〈Schwer-Schwanz-Athlet〉「重い魔羅（まら）の選手」という意味でもある。

こうした事柄は、中世期には教会側から抑圧を受けた。古典期の再生であるルネサンスとともに、やりたい放題の性欲の歓びもまた新たに復活した。教皇たちすらもが乱痴気騒ぎの狂宴に興じ、婚外児童を世につくりだしたと同じ国や同じ時代に、レオナルドは生きたのである。彼はボルジア家出身の教皇たちと同時代人であったばかりでなく、チェーザレ・ボルジア（１４７５―１５０７）の軍事技術顧問として奉仕したのである。１５０２年の5月末に、彼はピオンビーノ【トスカナ地方の港町。その近くの海岸に挟まれた海峡があり、対岸にはエルバ島が見える】にいたが、その地域の沼池の干拓事業のためだった。6月20日には彼は、ウルビーノ【イタリアはリミニの南にある都市。次に出るイーモラの地とはほとんど一本の広い道で繋がっているといっていいが、ほぼ２００㎞も遠ざかっている】を標的にした陰険な攻撃の際に、やはりチェーザレ・ボルジアに同道した。10月に入って彼は、軍隊とともに数週間イーモラ【イタリア、エミーリア＝ロマーニャ県、ボローニャの南東の都市】に籠城を余儀なくされた。ここでの攻囲戦のため暇を持て余し、レオナルドはその間に、世界的に有名となったチョークを使っての習作を制作したが、チェーザレ・ボルジアの三つの違った面からの頭像だった。私の推量だが、やはりここイーモラにいる時に、この性交能力の計測器のための設計図が仕上がったのだろう。

レオナルドは、こうした外部周囲の刺戟剤を、他の芸術家よりもたくさん必要としたのだ。チェーザレ・ボルジアのしめつけのゆるいならず者部隊に抛りこまれたまさにそのとき、その男性力測定器を発展させたというのは、きっと偶然ではなかっただろう。教皇アレクサンデル【時期的に該当するのは、アレクサンデル六世「１４３０または１４３１―１５０３、教皇在位１４９２―１５０３」ということになろう。彼から生まれた沢山の婚外子がいるが、チェーザレ・ボルジアもその一人である】は、「彼らの十字架は男根なんだ」と評したとされるが、その傭兵軍団にとっては、この計測器こそ紛れもなくオリンピック用のものだったに違いない。

なぜ、レオナルドがこれを開発したのか、という疑問を発するのは無益なことだ。この才走った好色漢が、たずさわらなかったものは、ほとんど何もない。

大抵の人たちは、『モナ・リザ』や『最後の晩餐』の画家について、完全に間違ったイメージを抱いている。彼は自分のことを、決して特別語るに値する画家だと思っていなかった。就職依頼状のなかで、ミラノ公爵スフォルツァ【Ludovico il Moro, Sforza ［1452―1508］のことだろう。ミラノ公爵在位［1494―1499］、フランス軍がイタリアに進軍するきっかけを作り（ナポリに対する戦争）、のちにフランス軍に立ち向かい、1500年に敗北して拘留されフランス軍の牢屋で獄死した。ルネサンスの芸術家の保護者として名高い】に自分の技倆を次の順序で売り込んでいた。すなわち、「移動運搬可能な橋梁、攻囲戦マシーン、それにやろうと思えば飛距離ある岩石発射機を製作できます。軍船や機雷だって作れます。そのほかに新規の戦車や大砲も発明したことがあります。戦争がない時は、お望みとあればどんな建造物の設計もし、水道の敷設や、トンネル工事の掘削もできます。それに大理石やブロンズや粘土による彫刻だって作り、絵を描くことも心得ています」と申し添えていた。

しかし何はともあれ、レオナルド・ダ・ヴィンチは学者であった。熊の足を人間の足と比較するために切開したことがあった。人間と猿の腕を比較したり、人間と馬の脚を比較したり、さらにわれわれが最近知ったところによれば、男どもの魔羅までも相互に見較べた。

「芸術家というものは多面的でなければならない」と、彼はあるところに書いていた、「自然の見せるどんな局面もいい加減に放置してはならない。芸術家は哲学者でも学者でもなければならないし、何を前にしても嘔吐したり恥ずかしがったりしてはならない」とも。こういう意味において、性交能力の測定器はレオナルド・ダ・ヴィンチの正真の作なのである。

この男は、自分の生きた時代のはるか前方を歩いていたのだ。十六世紀の能力ではまだ実現できなかった開発計画にまで、あえて挑戦していた。例えば潜水ボートや飛行機の模型図を描き、やっと五百年後ながらそれらの実現を見たし、今やわれわれの日常見慣れたものとなっている。ひょっとしたらこの性交能力の測定器にも、大して違わない事態が起こるのかもしれない。ピカドール教授が私に伝えたところによれば、フィアット財閥がこの製作権利を獲得したとのことだ。それはどのような実用的意味があるのか、という一記者の質問に対して、財閥の広報担当者は次のように答えた。「今日ファッション・モデルとか女優について、あの女(ひと)はサイズが98/48/80ですというように、もしかしたら数年たったら男については、能力が85/4もこなしている、というかもしれない、その場合、最初の数字は知能指数を表わし、後者の数字は千ポンドを一単位とした魔羅力を表わすことになるかもしれない」と。

芸術の専門家は、将来モナ・リザの胸像と取り組むだけでなく、レオナルドの下半身の素描とも取り組まなければいけなくなるだろう。それというのも、紙きれの画にあった男根は――そのことに関しては、すべての専門家が一致しているところなのだが――巨匠自らのものだった。そうなると老レオナルドは、ベルトより下の部分の自画像をわれわれが所蔵している、上部イタリアでただ一人の典型的な芸術家ということになる。これは例を見ない一種の矛盾撞着の考え方になる。なぜならば、人が性交能力という言葉で理解しているのが、異性に対する性的衝動力だとすれば、性交能力の計測器の発明者は完全なインポだったことになるからだ。すべての彼に関する伝記記録者たちが一致して報告しているのは、彼がご婦人方とは一人として、なんらかの慇懃（いんぎん）を通じたこともなかったということだ。

シーザーのクナイプ氏式療法

Caesars Kneippkur

〖注記〗クナイプ【Sebastian Kneipp［1821−1897］、バイエリシェン・シュヴァーベンのヴェリスホーフェン出身のカトリックの神父で、健康の自然療法を推奨した。若い時分に重い肺病にかかって、それを克服するために体を鍛えたのが動機で、現在ではドイツだけでなく世界中にその施設の支部が開かれ、療法のための薬用製品などが開発されている】

あなた方は、ソヴィエト連邦【UdSSRといわれた政体は、事実上解体し（1911）、いわゆる冷戦が終了し新しいロシア連邦となった】がアードルフ・ヒットラーの名誉を礼賛するために、七月を《Adolfi》と呼ぶだろう、ということが想像できますか。それとも、アメリカの大統領たちが、大ドイツ国総統に対してひそかに賞賛の気持を表わし、次の二千年に向けて、自分たちに《Hitler》という添え名をつけるだろう、なんていうことが考えられるだろうか。それとも、いつかイスラエルの上級学校で、ヒットラーの『わが闘争』が必読図書に指定され、それも威嚇手段としてではなく、むしろ賛美の気持からだとしたら、そんなことが起こりうるだろうか。「とんでもない」とあなた方は、今は言うでしょう、「まったく無理です。考えもつきません！」と。

考えもつかないって？　ならば、あなた方はユーリウス・ツェーザル（シーザー）のことを知らないのですね。彼はあなた方の認識不足を正してくれるでしょう。

紀元前58年に、執政官に選ばれてほやほやのガイウス・ユーリウス・ツェーザル（シーザー）は、アルプスを越えてガリアに侵攻した。七年もの長きにわたって、彼は平和的な民族たちの上を戦慄すべき略奪の戦火でもって覆った。彼は瞬く間のうちにライン川を渡り、二度もブリタニアに向かって遠征した。ローマ兵は攻撃に意気盛んな軍事力ではあったけれども、すでにシーザーの同時代人すらもこう告白しなければならなかった、つまり、ガリア戦は何の理由もなしでおっぱじめ、徹頭徹尾、不法なものだったばかりか、ローマにとっても無意味で無益だった、というふうに。

　甘やかされて育った世襲貴族の末裔にとっては、ゲルマン民族狩りは一種の血腥（なまぐさ）いスポーツであった。この末裔の振舞といえば、ほんの前世紀にあったことながら、新造列車の一等クラスの車室から水牛やインディアンを標的にして、斃（たお）した数が多ければ多いだけ一層の戦果ありとした、あのイギリスのスノッブどもよりもノーブルというわけではない。

　ガリア戦は、信じられないほどの残酷さと狡猾さをもってなされたのだ。シーザーその人は、たった一日だけで四十三万人を殺戮した、と胸をそびやかした。この大口たたきの政治的な冒険野郎が口にしたすべての数字の宣伝と同じく、これは恐らく度を越した誇張であろう。しかし、その十分の一にしても、古代史でさえ滅多に起こったことのないひとつの大殺戮といえよう。

　こうした流血沙汰は、軍事的勝利なら自慢のタネにする権利があるかもしれぬが、それとは全く別のものである。なぜかといえば、紀元前58年の時代のローマの軍団は、ガリアやゲルマンなどの部族戦士たちよりもはるかに優勢だったからである、ちょうどイギリスの砲兵隊がズールー族【南東アフリカの海岸部に住むバンツー族の一種族。チャカという首領が出て独自の国家体制を作ったが、その支配がほぼ十年に及ぶ頃の1828年に殺害された。その後継者が勢力を温存し、ブール人と川の入会権をめぐり紛争となったが、ついにその紛争に決定的な勝利をおさめた。しかし、1879年のイギリス軍の介入によって最終的に平定された】に対して持っていた優勢に似ていた。数字の比較に、そのことがはっきり顕れている。シーザーは、彼自身の表明に従えば、三万弱の精鋭軍勢で戦争を始めたことになっている。このような軍隊が四十三万の相手を一日で薙ぎ倒したとすれば、さぞかし戦闘というよりは処刑ということになる。

植民地の制圧史において頻繁に行なわれたように、ここでもまた「文明化された」征服者が、負けた「原始的で野蛮人」とされる人たちよりも、まさにもっと原始的でもっと野蛮な振舞に及んでいた。ガリア人の場合は相互の首長同士が、一騎打ちに出るということが普通であった。その戦闘で負けたほうの種族は、勝ったほうの種族に従った、誰もが誰もと戦うといった種族の総当たり戦にはならずに終わったものだ。

ガリアの統率者ウェルキンゲトリクス【Vercingetorix〔紀元前72－46〕、ガリア〔現在のフランス〕に住むケルト民族の支部族のアルウェルニ族の出自。これまで統率がとれていなかったガリア諸部族をまとめ、侵入してきたローマ軍に対しゲリラ戦や焦土戦などで手こずらせ、一時はローマ軍を破った〔ゲルゴウィアの戦い〕。しかし、アレシアで包囲され、ついに降伏捕縛され、次に出るマメルティヌスの牢獄に繋がれ、六年後に処刑された】が、ローマ軍の首領と戦うために、ローマ人の陣地におもむいたところ、シーザーが野獣と見なして彼に鎖を巻きつかせた。のちにウェルキンゲトリクスは、凱旋行列にまざりこみローマじゅうを連れまわされた。カピトル【ユピテル神殿が建つところで、その丘もいう】とフォルム【裁判や集会が行われた古代ローマの広場】の間の古代ローマの牢獄、〈Carcer mamertinus〉【マメルティヌスの牢獄は、ラテン語由来のTullianumトゥッリアヌムの呼び方もあった。マメルティヌスというのは中世以降の呼称らしく、前者のほうが古く、正式と思わせる。ただ、人名から来たという説もあるが、ラテン語tulliusが「水の泉」などの意で、そこにあった貯水槽を指しているという解説も見受けられる。地下一階と二階に分かれ、一階が牢屋で二階が罪人の処刑に使われ、処刑の残存物がティーベル〈テヴェレ〉川に流されたともあるから、その目途がよくわかるほうをとった】には今日もなお銘板が残されていて、ウェルキンゲトリクスがここで凱旋行進のあと、用済みの宣伝ポスターのごとく遺棄された。シーザーにとってはガリア族やゲルマン族は、ヘミングウェイにとってのアフリカの猛獣狩りと同じようなものだった。彼は彼らを狩り立てた。特に珍しく大型のもの、たとえばその首領級の人物が、サーカスの動物のように驚愕して見つめる大衆の前に引き出されたわけだ。特に人気のあった猟の記念品は、ゲルマン族のブロンドの毛髪だった。シーザーのもとでは、それはローマの新人気流行品にのしあがった。

それにも拘わらず、――あるいは、むしろそれゆえにというべきか――このゲルマン民族の傲岸なる殺戮者には、本当に偉大な数少ないローマ人に払うのと同じく、依然として今日のジャーマニーでさえ崇敬心が払われている。彼の非人道的なガリア戦の日記を、必読書に採りあげなかった古典語学校はなかったほどだ。今世紀にいたるまで世界の最高の支配者は、《Kaiser》と呼ばれてきたが、《Caesar》という言葉から派生してきたものだ。《Zar》もまた、その言葉が起源だ。太陽がさんさんと輝くいわゆる盛夏の月は、Julius Caesarにならって名付けられた。どうしてそういうことが可能だったのだろう。

どんな圧政者殺害だろうと、紀元前44年3月15日が明けゆくうちに起きたシーザーの抹殺ほど、嘆き悲しまれたものはない。その二千年後に、私のラテン語の教師の目が涙もろくなったのは、彼がウェルギリウス【Publius Vergilius Maro［紀元前70－19］ローマ最大の詩人】の一節を引用したときだ、「太陽すらもかつてローマを嘆き悲しんだは、シーザーが斃れしときなり」と。

小学生の身になったばかりの私に考えさせたのは、——二人を除いて——すべての元老院議員が、その短剣をシーザーに突き刺したという事実である。一人の圧政者を暗殺するにあたり、これほど多数の意見一致は歴史上稀に見るものであった。ドイツ国防軍の全体の将校団では、ただ一人の片腕の将校しかいなかった【この文言は、シュタウフェンベルクStauffenberg, Claus Schenk Graf von［1907－1944］のことを指すのだろう。1943年2月にチュニジアの戦車部隊に配属され、同年の4月7日に地雷原に入って、片目と右手と左手の二本指を失った、という。ヒットラー暗殺には、当然ながらほかの協力者もいたが】。——そしてスターリンを持ち出せば、そういう男は全然いなかった。

この事件の際には、元老院全員がシーザー殺害の数日前に、カピトルに祀られているユピテルにかけてシーザーの命は守る、と誓約していたのだ。年老いた元老院の参議たちは、この男をどれだけ恐れ、かつまたどれだけ憎んでいたかであったに違いない。共和国を救うために、自分たちの命をかけた最高の人民の代表者たちの一致した決心にも拘わらず、後世の人々はいつもシーザーの味方となった。それからすでに二年後、紀元前の42年10月、シーザーの暗殺の首謀者のブルートゥス【Marcus Junius Brutus〔紀元前85－42〕、シーザーの暗殺者として有名】と、及びカッシウス【Gaius Cassius Longinus〔紀元前87または86頃－42〕、シーザーのもう一人の暗殺者】との二つの戦闘において、アントニウス【Marcus Antonius〔紀元前83－30〕、共和制ローマの政治家・軍人で、第二回三頭政治の一人として権力を握ったが、シーザーを暗殺したブルートゥスとカッシウスの二人はフイリッピの戦いで敗れはしたが、その戦いで直接死んだわけでなく、それぞれのちに自害したとされる】が二人を打ち負かし、死に追いやったとき、世界全体が快哉を叫んだ。シェークスピアからシュテファン・ツヴァイク【Stefan Zweig ユダヤ系のオーストリアの作家〔1881－1942〕、世界を広く股にかけ旅行をした平和志向の作家であり、著作も多数にのぼる。ここに述べられるシーザーに関連する文章は、なかなか見つけにくい。強いていえば、短い評論集《*Die schlaflose Welt*》「眠りの浅い世界」のなかの「女性詩人としての歴史」のなかにわずかに見出せる】にいたる詩人や思想家たちは、シーザーに味方した。

今日でも大方の人たちはそういう感じ方をしているのだ。そのことはとりわけわれわれの言語、ドイツ語にはっきり顕れている。Caesar（ツェーザル）、Kaiser（カイザー）は、すなわち品位、偉大さ、古き良き時代のことなのである。ところがブルートゥスのほうは、政治的なユダという烙印を押された。彼はbrutal「残虐な」【Brutasはbrutalの語源でもある】行動をとった。今日でも裏切りがあったと聞けば、誰もがシーザーの最後の言葉をよく引用する。「お前もか、わがブルートゥス」【シェイクスピアの史劇『ジュリアス・シーザー』の第三幕第一場に見える。訳者の中野好夫によれば、出所はスウェトニウス『シーザー列伝』に倣い、“Et tu, Brute”というラテン語形のまま、シェイクスピア当時にはよく用いられた、との注記を添えている】と。第一次大戦のあとでは、「背後からの一刺し伝説」が、政治世界じゅうに幽霊のようにさ迷ったものだ。銃後の故郷が前線の背後を不意に襲い裏切った、ブルートゥスのように卑劣に。

その英雄的な輝きが二千年もの長き間、あまねく照らしたこのシーザーなる男は、何とも飛び抜けた超人だったに違いない！　私の歴史の教師は、シーザーを中央ヨーロッパのうちでもっとも重要な歴史家だ、と評価した。「シーザーがいなければ、ヘルヴェティア族【紀元前１００年ころ南西ドイツから今日のスイス地域へ移住したケルト系の一部族】やスウェービ族【紀元前後にドイツのエルベ川流域地方に住んでいた原始ゲルマン人の部族】、それにアリオウィストゥス【Ariovist またはAriovistus［?－紀元前54］、紀元前のゲルマン族のスウェービ族の族長。ガリア語〔ケルト語〕に通じていたらしいが、これはゲルマン人には珍しいことで、紀元前71年頃ライン川上流を渡ってガリアに侵入した。ライン川東岸のゲルマン人を呼び寄せ一種の植民地建設を目ざしたものだから、全ガリアの支配権を狙っていたハエドゥイ族と衝突、これを破って苛斂誅求の抑圧下においた。ハエドゥイ族はローマに援助を求め、遠からずシーザーと対峙する運命にあった】やウェルキンゲトリクスなどについて、われわれは何を知っていただろう」とも言及している。しかしながら、シーザーの歴史書がどの程度評価されるべきかは、今もって詳細に検討され得るわずかな箇所を見れば、はっきり認識される。例えばゲルマンの地では大鹿は膝の関節がないので、この理由から横たわれない、とシーザーは報告していた。だから大鹿は夜に眠るときには樹に身をもたせかけるが、この動物をつかまえるにはその樹さえ切り倒せばよい、どうしてかといえば、一度倒れてしまったらよそから助け起こさなければ、もはや自分の脚で立てなくなるからだ、と。大鹿がどんな体つきをしているかをわれわれは知っているので、目撃証人であるシーザーの報告が間違いだということも知っている。どれだけしばしば彼は、嘘をつきまくったことだろう。れっきとした証拠物件である「大鹿」が、この偉大なローマ人の申し立てに反証をつきつけたわけだ。

歴史の研究家であるテーオドーア・モムゼン【Theodor Mommsen［１８１７－１９０３］、ドイツの歴史家、法学者、古代史の専門家で、『ローマ史』［１８５４－１８５６］を出版し、その功績でノーベル文学賞を受賞した［１９０２］。考古資料に基づき、文献資料だけを重視した従来の歴史学に新風を吹き込んだ。一方で自説を有利に導くために法制の条文の解釈に強引さがあったり、根拠となる資料がよく欠落していたりして、歴史研究者から批判された】は、繰り返しシーザーの文化的な業績、諸種の改革、暦の新編成、その他多くのことを強調している。しかしながら、シーザーがアレクサンドリア【紀元前

332年にアレクサンダー大王によって建設されたエジプトの都市】の町に火をつけさせて、アレクサンドリアの図書館が犠牲の火祭りにされた放火に較べてみれば、そうした一切は何ほどの意味を持つだろう。誇張なんかなしにこう言うことができるだろう。つまりこれこそ、我々の文化史のうちで最も罪深い所業だった、と。四十万巻ものパピルスの巻子本(かんすぼん)は、これまで知られていた人類の全伝承を収載していたのだ。われわれの歴史は千年分も遡れたことだろう、もしもこのかけがえのない伝承の宝庫が壊滅されなかったならば。この地アレクサンドリアで人類が記憶を喪失したのも、シーザーが愛人であるクレオパトラのために、宮殿のクーデターに勝とうとして放火を命じたからなのだ。

さりながらわれわれは、シーザーを栄誉ある男だと思っている。彼の同時代人の目で見れば、若いシーザーはぬらりくらりのいけ好かぬうぬぼれ屋だった。王侯貴族の敵娼(あいかた)のようにお粧(めか)しで、毎日、数時間も化粧台のそばですごしていた。人々は彼の身繕いぶりをせせら笑った、なにしろ彼は自分で体毛をむしりとっては、薄い髪の毛を項(うなじ)から額へと、禿頭(とくとう)を隠すために櫛で寄せ集めていたからだ。

何よりもかによりも、目立ったのは服装だった。フリンジとタッセル付きのトゥニカを着ていたが、当時はまだ見かけたこともなかったスタイルだった。その帯紐は、女の子みたいに緩やかに腰のあたりに巻かれていた。「諸君、帯の締め方がだらしのない若いやつには、気をつけなされ」とスッラ【Lucius Cornelius Sulla Felix［紀元前138－78］、共和政期の軍人、政治家。上流貴族の出で、青年期は富裕な暮らしができず、自堕落で、酒色におぼれ退嬰的な生活を送った。妻帯者でありながら同性の恋人を持ち、晩年になってもその点がますます嵩じたという。民衆派の首領ガイウス・マリウスとの協力関係を結ぶ一方で、彼との対立政争をくり広げたが、ついには独裁官の地位についた。ここに出る発言はむしろ自身の生活経験を映したものだろう】が貴族派の支持者たちをつかまえて警告を発した。

ローマ第一の弁論家であるキケロは、若いシーザーを地中海のあざとい笑みを浮かべた静謐さに譬え、その仮面の背後には深淵が狙っているぞと警告した。「もしも人が」と彼はせせら笑った、「あの髪の毛があれほど手際よく整えられているのを見たら、そしてあの男が格好づけに小指で自分の頭を掻くところを見たら、羽虫一匹も殺せぬ輩と人は思うだろうな」と。

シーザーはほかの誰よりも、大衆の力を認識していた。まるで愛人に媚びるようにしきりに民衆の人気を欲しがった。穀物を配らせては、贈り物をみついだ。彼の負債は、みるみるうちに千三百タラントにものぼったが、この額は信じられないことながら、現在の少なくとも一千万ドルに該当するほどだった。ローマで一番の金持長者のクラッスス【Marcus Licinius Crassus［紀元前115頃－53］、共和制ローマ時代の政治家、軍人。第三次奴隷戦争でスパルタクスを制圧し、ポンペイウスやシーザーと組んで第一回三頭政治を始めた。父や上の兄弟たちが紀元前87年にローマに侵入したガイウス・マリウスの一派〔ポプラレス〕により、スッラの党派〔オプティマテス〕と見なされて殺害され、無一文から身を立てたと解される。スッラのもとで軍功をたて、ポプラレスや政敵の財産が没収されて競売に出されるとき、これらを安く手に入れたことや、銀山や土地売買で蓄財が可能になり、ローマの大部分を所有したとされる】は、シーザーの借財を払ってやったが、大衆に人気があったこういうスターがいてくれたら、もっと金が入ってくると踏んでいたからだ。

紀元前59年、シーザーはガリアを統括する総督の地位に就いたが、ポー川の北部の今日の上部イタリア、スイス、フランス、ベルギー、そしてオランダを包括する領域だった。それに加えて彼は、二万四千の兵力を擁する四軍団を保持した。

こうなるとシーザーの昇進は天壌無窮（てんじょうむきゅう）のようにのぼり始めた。プルターク【Plutarch [o]プルタルコスともいわれるギリシャの哲学者で歴史家［46頃－120頃］、その著作は「モラリア」と「対比列伝」（「英雄伝」）とに分かれるが、後者のほうがよく参考にされる】はこう書いた、シーザーは八百の都市を征服し、三百の民族を跪（ひざまず）かせ、三百万の人々を打ち負かした。そして百万以上の人々を殺した、と（ということは、三人に一人の敗北者たちが命を落としたことになる！）。

この「帯紐のだらしのないチンピラ」とは、途方もないジンギスカーン【Dschingis Khan［1167頃－1227］、この人物の表記は数種あって本来名はTemudschinテムジンで、モンゴル帝国の始祖。ここでは単に比喩としての引用】だったに違いない！

シーザーの生涯にいざ取り組むとなったら、時として根底から違う二人を目の前にしている、と思うことだろう。一見すれば、のらりくらりのめかし込み屋の若造で、贅美を欲しがり、病気持ちに見え、神経過敏症とも思える。ところがほかの面で見れば、不潔で寒がりで虱（しらみ）たかれのまま、蚊の猖獗（しょうけつ）するゲルマンの沼沢地に生まれついた住人たちを、狩りまくる残虐な部隊長だった。その際彼は、自分にとって大事な命どころか、健康や凛々しさまでも危険にさらしただけではなく、もっと大事にしていた政治的な経歴をも率先して危険にさらしたのだ。それというのも、シーザーがローマを長年留守にしたことで、当然ながら新たな予測もできなかった諸勢力が、権力の座に押し迫ってきたからだ。

なぜシーザーは、こうした労苦と危険をわが身に引き受けたのだろう。それは名誉だったのだろうか。その通り、まさにその通り。有名になり裕福になりたかったのだ。そしてシーザーは豊かになった。彼はガリア地方を徹底的に強奪したので、彼が計り知れないほど裕福になったと見なされた。ところがどっこい、金なんかどうでもよくなった。彼は両手に一杯掴んで今度は外に抛り投げ出したのだ。その凱旋行列や剣闘士の競技は、これまでなかった気前のよさで催された。

そういうことだとすると、なぜシーザーは、ガリアの地で七年にも及ぶ戦争を続けたのだろうか。プルタークはわれわれにそのあらましを耳打ちしている。彼が書いているところによれば、シーザーは戦争仕事が一種の健康法と捉えていたのだ、という。「強行軍、質素な食事、広々とした野外をのべつ滞在場所にすることによって、彼は自分を鍛錬したかったのだ」彼はそんなことをして、自分の癲癇性の発作から解放された。シーザーはバルブス【Lucius Cornelius Balbus のことながら、実は叔父と甥ともに同名で、それぞれシニア、ジュニアの添え名で区別したらしい。どちらもシーザーとの関連があり、該当者の同定作業が困難、調べた限りでは、叔父が相当だろうとしかいえず、注記としては中途半端で結ばざるを得ない】宛のある手紙に、「わしが健康にいいなあと感じるのは、野外にいるときよりほかに、どこもないのさ」と述べている。しかし、こういうふうに観てくると、シーザーのガリア戦が実際は治療法のための滞在だったという、身の毛がよだつような結論にわれわれは達したことになる。中央ヨーロッパを古代の地中海文化へ適応させることができたのは、われわれが本質的にはわれわれの健康的で変化の激しい気候におかげを蒙っているのだ。

これは何も誇張なんかではない。戦争による転地療養が、シーザーの生涯のなかでどれだけ重要、かつ予防的な役を果たしていたか、次の事実を見ればわれわれにもよくわかる。44年3月18日に、といってこの日は彼の暗殺の数日前のことだが、シーザーはパルティア人【［紀元前247－紀元後224］の古代イランの民族。紀元前三世紀半ばアルサケス〔アルシャク〕一世の建国により、別名アルサケス朝ともよばれた。ミトラダテス〔ミフルダート〕一世［在位、紀元前171－138］の治世以来、現在のイラク、トルコ東部、イラン、トルクメニスタン、アフガニスタン西部、パキスタン西部を覆う広範な地域を支配した。紀元前一世紀以降、地中海域に覇を唱えるローマの勢力伸長とともに、特にアルメニア、シリア、メソポタミア、バビロニアの支配権を争うこととなった。結構長い歴史を持つ民族】に向け征討軍を出発させようとしていた。その帰り道に関する作戦をたてており、――いわば一遍に片付けようとして――トラキア王国、つまり今日のルーマニア地方を攻略しようと思った。その出兵は少なくとも三年間続く予定だった。シーザーの同時代人にしても、後年の伝記記録者にしても、この政治家らしからぬ意図が納得できなかった。マイケル・グラント【Michael Grant［１９１４―２００４］イギリスの古典文献学、及び古代史研究家『ジュリアス・シーザー』（１９６９年刊）の他にローマ政治史に関する著作多数にのぼる】はこう記している、「あのような危機的な時期にローマから立ち去り、そんなに長い間遠ざかっているのは、非常に無責任なことだった。シーザーがいかに偉大だったにしても、その政治手腕が種々のぞっとするような欠陥を示していたことの、これは最終証明となったのだ」と。

この年代の貨幣に刻印されたシーザーの肖像は、五十代半ばにしてはえらく年寄りじみた格好の男をわれわれに示している。シーザーはぼろぼろに使い古されて、自分が病にかかったように感じていた。万全と請けあえる健康療法を、ぜひとも手に入れる必要があったのだ！プルタークはこう記していた、「彼は首都の窒息しそうな空気を、戦争の職人業（わざ）の爽快な風と入れ替えようとしたのだ」と。

その療養が始まるという三日前に、病気に見舞われたこの男は卑劣な仕方で殺されてしまった。シーザーのすぐれぬ健康状態が、もしも数十万のトラキア人を虐殺する機会が与えられたなら、再び快方に向かったかどうかは、同時期の人たちの証言にしたがう限り、恐らく疑問にせざるを得ないが、彼の苦痛を和らげたのは確かだったろう。

シーザーの死後、キケロはアッティクス【Titus Pomponius Atticus［紀元前110－32］、共和政ローマ期の知識人。マルクス・トゥッリウス・キケロとは幼少時からの友人で、弟のクイントゥスに自分の妹ポンポニアを娶（めと）らせるほどの仲だった。紀元前85年のルキウス・コルネリウス・キンナの叛乱に際して中立を堅持し、ためにかえって怨嗟を買いローマからアテナイに居を移した。衰微していたアテナイの再興を願い、私財を擲（なげう）つとともに社会的に低く見られていた出版業に専心した】に宛て手紙にこうしたためた、あの独裁官が計画した遠征から戻ってこなければねえ、と。さらに「シーザーは病気だった。殺害は余分なことだった。暴虐を恣（ほしいまま）にする君主を亡き者にするのは、賢明でない。彼が殉教者にならないように、頓挫させるほうがいい」とも。

　その限りでは、シーザーの殺害は確かにひとつの犯罪であるが、本当は覆水盆に返らずの類（たぐい）の犯罪なのだ。

バイロイトの謎

Das Rätsel von Bayreuth

1872年5月22日、バイロイトの祝祭劇場の定礎式の際に、リヒァルト・ヴァーグナーはその礎石にひとつの記念の言葉を封印した。それは次のような詩句だった。

ここに私はある秘密を封じこめる。
さすれば、それは何百年もここで安らわん。
石がそれを保管してくれる限り、
それがおのずから世に明かさん。

この秘密に満ちた言葉は、薄色の羊皮紙に黒インクで書かれていた。ヴァーグナーはその「後世に伝えるメッセージ」を、小型の靴箱ほどの大きさの気密にしたブリキ函(ばこ)におさめた。石工(いしく)のヘルマン・ヒルペルトは、それをヴァーグナーの手から受けとり、礎石の中に埋めこんだが、あのカセットは大変重かったですよ、とのちに言ったものだ。

その大きさだけでなくその重さまで感じとられたので、ブリキ函にはメッセージが書かれた一枚の紙だけでなく、それ以上のものが入っているのを明かしていた。

はて、それはどんなものだったのだろう。

バイロイトの祝祭劇場の下に埋め込まれた容器は、どんな秘密を隠しているのだろう。

ヴァーグナーにとっては途方もなく重要であって、かなりずっしり重みのある何かであるのに違いなく、その機密保持が彼の作品に啓示的な力を与えている。

毎年東洋でも西欧でも、巡礼時を迎えると誰もが仕事を休む。イスラム教徒はメッカに巡礼する。ヴァグネリアンはバイロイトに巡礼する。両者の場合とも、唯一の神の崇拝が肝要なのである、その神は他の神々がそばにいることを許容しない。ヴァルハラ（Walhalla）【戦死者の霊がゲルマン民族の最高神とともに住む神殿】は大きく、ヴァーグナーはその預言者なのだ！

そもそもアラビア人の預言者とアーリア民族の預言者との間に、一連の共通性がある。両者とも神聖化の中核点、崇拝のために聖別された場所をつくりだし、そこへ信徒たちが敬虔な気持で巡礼することができる。メッカではそれが黒石【メッカのカアバ神殿の東隅の壁にしつらえられたムスリムの聖宝である。巡礼者はハッジのタワーフ儀式の一環としてカアバ周囲をめぐる。このとき可能なら黒石に七度接吻しようとするが、大勢の巡礼者が群がっている状況下ではほとんど不可能、そのために七度めぐるたびに、黒石を指さすことで省略する。ただ、この黒石の材質や、崇拝のもととなった伝承も諸説あるようだ】であり、バイロイトではラインの黄金ということになる。

両者にあっては、女性が従属の位置にあり、それが神の欲し給う事実とされたけれども、女性がいなければ両者とも、決して悠久不滅性は手に入れられなかっただろう。ヴァーグナー崇拝熱のさらなる存続にコージマ【Cosima Wagner［1837－1930］、フランツ・リストの娘で、1857年以来、指揮者ハンス・フォン・ビューロと結婚していたが、次第にヴァーグナーと恋愛関係に陥る。

1868年にコージマはヴァーグナーのもとに移り、翌年息子のジークフリートが生まれ、ビューローとの離婚ののちヴァーグナーと正式に結ばれる。ヴァーグナーの歿後、バイロイト祝祭劇場の芸術的、並びに組織的な指導を1906年まで受け継いだ。ともかく本文でも触れられるように、1869年来の彼女の日記〔hrsg. Martin Gregor-Dellin/Dietrich Mack, 2 Bde., 1976/77, rev. Ausg. 4 Bde. 1982〕は文化史的なドキュメントとされる】が果たしたのと同じく、近代のイスラム教にとってはマホメット（ムハンマド）の愛妻のアーイシャ【A'isha bint Abi Bakr〔613または614–678〕、イスラム教の開祖ムハンマド・イブン＝アブドゥッラーフの三番目の妻で、初代正統カリフのアブー・バクル・アッ＝スイッディークの娘。スンナ派では預言者ムハンマドの最愛の妻とされる。さらにムハンマドが632年に亡くなるまで近侍したこともあり、その言行をよく記憶して二千以上にものぼるハディースや伝承を書き残しているが、ムハンマドが死後の後継者とするよう遺言したアリー・イブン・アビー・ターリブに対し、その遺言を拒絶したとされ、シーア派からは反対されたという】がまったく疑いもなく力があったのだ。彼女がいなければ、ルーホッラー・ホメニー【Ajotollah Khomeini原文ではこう表記しているが、「ウィキペディア」にならいAyatollah Ruhollah Khomeiniのこととれば〔1902–1989〕、イランにおけるシーア派の十二イマーム派の精神的指導者で、政治家、法学者。1979年パフラヴィー皇帝を追放し、イスラム共和制政体の樹立を成功させたイラン革命の遂行者】も、シーア派もなかったかもしれない。

二人（マホメットとヴァーグナーのこと）とも運命の寵児だった。自分よりも十五歳も年長の雇い主の女性だったハディージャ【Chadidja原文ではこう表記しているが、ここも「ウィキペディア」

にならい、Khadija bint Khuwailidとしておくと、［５５５？－６１９］、イスラム教の預言者ムハンマド（マホメット）の最初の妻。ハディージャの父とムハンマドの祖父は再従兄弟（はとこ）に当たる。彼女はムハンマドと結婚する前に夫に二度先立たれ、その二人の遺産を受け継いで充分に裕福だった。６１０年に天使ジブリールからムハンマドが啓示を受けとったことを知り、ハディージャは彼に自分が預言者であることを自覚させ、自らが最初の信者となってのちのちまで支えた】と結婚したときに、マホメット（ムハンマド）は大当たりの籤を引き当て、駱駝の馭者から大事業主となった。ヴァーグナーとてさして変わらなかった。彼の射止めた大賞はバイエルンのルートヴィヒ王だった。両人とも初めは見栄えのしない成り上がり者だった。二人とも少し遅くになってから、甚だミステリアスな仕方で召命を受けたのである。マホメットは文盲であった、アラーの神の御使（みつか）いが彼に「書きなさい！」と話しかける日までは。その一言で書けるようになった。

リヒァルト・ヴァーグナーもまた最初の頃は、音楽的な無知蒙昧を証（あか）している。彼の初期の作品『ロイバルトとアデライーデ』【《Leubald und Adelaide》は１８２９年の作で、どうも高校時代の実験的な練習曲だったらしい】は、下手な推理小説のように死体がうじゃうじゃ出てくる。全体が殺伐とした悲劇なものだから、四十二人の死者のうちの何人かを、またも霊として復活させ舞台に繰り出さねばならなかった、というのも演者の数が足りなくなったからだ。

彼の若い時のオペラ『妖精』（１８３３）や『愛の御法度』（１８３６）について、トーマス・マンは、「明々白々なディレッタントの特徴」を持っている、と評した。

ディレッタント的なのは、その作品と同様、その生活ぶりもそうだった。彼の生涯につきまとった借金の額だけは図抜けていた。彼はバート・ラオッホシュテット【Bad Lauchstädt メルゼブルクの西にある小さな町、ハレ／ザーレ州】のどさまわりの芝居小屋で働いていた。彼のコンサートが期待外れの惨憺たる結果だったのは、何もマクデブルクでのことだけではなかった。パリでは何年かひもじい思いをし、成功者たちになれなれしく近づき、たとえばユダヤ人作曲家マイヤーベーア【Giacomo Meyerbeer（実名Jacob Liebmann Meyer Beer）［1791－1864］ドイツの作曲家、1826年以来パリに住みつき、フランス流オペラの作曲家として名を成した。『ユグノー』（1836）、『アフリカの女』（1864）などがある】にとり入ったりしたが、こうしたことは本当に見苦しくて、人間的な大きさが見られなかった。こうしたことはミンナ【Wilhelmine Planer［1809－1866］、ドイツの女優で、ヴァーグナーと結婚したのはほぼ三十歳の頃。1842年頃ヴァーグナーが定職についてから運が上向き、一度逐電したミンナが戻ってきて、かけがえのない協力者となった】との最初の結婚にも見られ、ミンナは一年目にしてすぐにほかの男と二度も駈け落ちしてしまった。

もしも才能豊かな人というものが——広く一般に容認される見方だと思われるが——もって生まれた現象だとすれば、ヴァーグナーは決して才人ではなかった。彼の場合だって、モーツァルトやシューベルトや、もしくはメンデルスゾーンの場合と同じように、早期に才能の輝きを見せたことがあったのじゃないかと探しても、無駄に終わるだろう。しかしながら、彼はある日忽然と、すべての時代を通じて最大の才人となっていたのだ。

ゲルハルト・ハオプトマン【Gerhart Hauptmann［1862－1946］、ドイツの劇作家、小説家、ノーベル賞受賞者】が、ヴァーグナーの作品についてこう書いていた、「世界でも唯一特有である。この数千年のうちでも最も力強い芸術作品である」と。トーマス・マンはディレッタントだと批判した自分の裁断を訂正した、「素晴らしくて、驚嘆すべきで、永劫に惹きつけてやまぬ創造者の躍動だ！」と言って。オスヴァルト・シュペングラー【Oswald Spengler［1880－1936］、ドイツの自然科学者、歴史哲学者で、西洋の文化は終末の状態にきているとした『西洋の没落』2巻（1918－1922）を出して、当時の読者層に衝撃を与えたが、その著書でのヴァーグナーに関する言及が確かに見られるも、ここでの指摘の出典は未詳】はうつつを抜かした、「『ニーベルンゲンの指輪』は、『ファウスト』以降ドイツ人が生み出したもののうちで最も偉大なドラマ作品だ」と謳って。フリーデル【Egon Friedell、本名E. Friedmann［1878－1938］、オーストリアのジャーナリスト、カバレティスト、俳優、著述家。ヒットラーのウィーン入城の際に自殺。文化史などのシリーズを書いているが、ヴァーグナーとの関連はこれまた未詳】は、「人々が、ヴァーグナーのなかに、すべての時代のうちで、最大の劇作家と見なさざるを得ないのも、ただあり得て当然という以上」とその作品を評価した。

誰かが最初の十年間のヴァーグナーを知っているとしたら、その人はこの無類の変身を理解できないだろう。普通の場合なら、このような奇蹟は宗教にだけ残されているものだ。「なのに、アラーの神の御使いはこう言った！『書け！』と。すると、マホメットは書くことができた」という具合に。

どのような神が、ヴァーグナーに声をかけたのだろうか。

１８４６年、このマイステル（巨匠）は5月の中頃から8月の初めまで、ピルニッツ近郊のグロースグラウパ【Pillnitzと称しても地図では探しにくい、むしろドレースデンから南東にエルベ川を下ったPirnaを目標にしたほうが早いだろう。その村は目立たないが、風光明媚でザクセンの離宮も建つほどのところ。ヴァーグナーが『ローエングリーン』などの着想を得たとされ、その意味の記念物が建っている。ちなみにGraupaは付近の小さな川の名からきた地名】に滞在していた。辺鄙な田舎のたたずまいのここで、ヴァーグナーの奇蹟が起こった。何か類まれなる勢いに乗せられただけで、『ローエングリーン』の全曲のスケッチが出来上がった。新たなヴァーグナーの誕生だった。『さまよえるオランダ人』や『タンホイザーとヴァルトブルクの歌合戦』の後には、それらのキリスト教の救済のテーマとともに、扉は完全に新しい世界に向けて開かれる。聴いたことのないような響きが押し寄せてくる。ヴァーグナーの謎深い神々は、マヤ族やアズテク人の白い神々を思い出させる。その神々は遠くから海を渡って来たのだとしても、古代アメリカ大陸に初めから住んでいた人たちがその神々を夢見ていたのか、それとも実際に接したのか、誰も知らないのだ。

ヘルマン・レーヴィ【Hermann Levi［１８３９－１９００］、ドイツの指揮者で、ヘッセンの主席ラビ、ベネディクト・レーヴィの息子として生まれる。１８５５から１８５８年までライプツィヒ音楽院に学び音楽の道に進む。１８６１年にマンハイムの音楽監督を皮切りに、１８９６年にはミュンヘンでのオペラの首席指揮者になるまでタクトを振り続けた。ヴァーグナーは反ユダヤ主義者だったが、レーヴィはヴァーグナーの熱烈な信奉者で、1882年にバイロイトの祝祭劇場で『パルジファル』の初演を指揮した】を相手にヴァーグナーはこう話した、「ぼくはね、あるよその世界から、いろいろな真理をここで授かったことを打ち明けるよ、その真理というやつは、死すべき人間が心に浮かべることのできる以上に、現実的なものなのさ」と。何かある謎深いことが起こったのだ。ひとつの奇蹟が起こったのだ。

1871年の9月に、コージマが書きとめた奇妙な日記の記載が見つかっている。彼女が1846年のある出来事を思い出したものだ。「……すると、この瞬間あの人がこれまで見たこともなかったような流星が、空を水平に横切りながら現れた」と。コージマはこの流星を、自分の目で確かめたわけではなかった。ヴァーグナーがこのことを彼女に話したに違いない、そうでなければ彼女は「あの人がこれまで見たこともなかったような」とは書かず、「私どもがこれまで見たこともなかったような」と書いただろう。ヴァーグナーの最も忠実な伝記記録者のコージマが、ずっと昔のこの出来事を思い出し、その思い出が日記に書きとめておくほど重要なものだと考えたのは、奇妙なことなのである。結局1846年からしたら、二十五年もたっていたのだ。自分の成功が、言葉のそのままの本当の意味で天から降ってきたのだ、とヴァーグナーが言い表わしたかったのだろうか。私がよく言う「善きデーモン」、「善き精霊」、つまり「よりよき世界からの御使い」のことを、きっと彼は語っていたのだ。

私たちがこの謎深い事件をどのように思い描こうとも、すべてのことが次のことを物語っている、つまり、ヴァーグナーが１８４６年の初夏に、この地球上に存在しなかったあるものに出くわしたのだ、と。『（ニーベルンゲンの）指輪』や『ラインの黄金』に関して、私たちはこの地球圏外の器械装置なるものが、丸くて、メタリックで、金色（こんじき）に輝き、あるいは真鍮色のものだと想定しなければいけないだろう。この器械装置がどのようにしてとか、どこからこの地球上にやって来たのだろうかなどと、ああでもないこうでもないとかまけるのは、ただの暇つぶしになるが、これが音を響かせる装置でもあるということは確定している。そうなると、必ずしもレコードとか録音テープとかを考える必要はない。すでに古代エジプトの時期に、日の出とともに音を発するオベリスクが存在した。その音響発生システムは、それぞれ異なる物質の温度差によって生ずる膨張力に基づいていた。この場合こうした技術的な想像力には――これは未来が証明するであろうが――どんな限界も設けられはしない。ヴァーグナーの音曲の発見がいろいろのイメージも生みだしたじゃないか、と認定するだけのいくつかの理由はある。

　ラジオとかレコードとか、さらに映画が日常のものとなっている時代に生きている私たちは、音楽家抜きの音楽を聴くことや、生身の俳優抜きの芝居を観ることがどんなに途轍もない体験であるか、もはや追体験すらできないだろう。センセーショナルな発見物の印象の影響を受けて、オーケストラボックスを創案したのが、こともあろうにヴァーグナーだったことは決して偶然ではない。彼もまた音楽家抜きの音楽を求めたのだ。ただ技術的にまだ、オーケストラをただ二、三段掘り抜いた空間に、隠すしか仕方がなかったのだ。

1878年9月23日の日記に、コージマはマイステルの言葉を引いていた。「……ぼくが姿の見えぬオーケストラを作った後で、姿の見えぬ劇場も発明したい」と。姿の見えぬ劇場だって？　なんという無茶苦茶な要望だろう。ヴァーグナーのつもりはもちろん、実演者が出てこない劇場のことだ、別の言葉でいえば、映画のことだ。彼は当然ながら自分の気持をもっと正確に表現できなかったのだ、というのも、映画はそのときにはまだ発明されていなかったからだ。

ヴァーグナーは自分を、作品の主体的な創造者だと感じておらず、受け身的な道具だと感じていた。芸術家が自分でつくった曲を聴いて、捉えようもない驚嘆の声を発するという奇妙な現象もこうした裏事情を踏まえてしまってこそ、ようやく理解するものなのだ。1878年11月20日のコージマの日記には、ヴァーグナーが自分でも不思議がっている姿が描かれている。「ぼくが、『パルジファル』の最後の譜面を演奏し終わった。このような音楽をぼくはまだ聴いたことがなかった」とか、「ぼくはこうした曲を夢に見ていたのだ」とかと述べて。また別の個所でこの世のものとも思えぬ美しい旋律(せんりつ)のことについて述べている、それとともに『ラインの黄金』のなかで創造が始まったのだ。「あの旋律(せんりつ)がぼくを圧倒する。ぼくの把捉力を優に凌駕する」と。

1878年3月11日のコージマの記録で、ヴァーグナーはこう告白している、「ぼくは大の薄のろなのさ。ぼくは移調することができないんだよ。いつも**見つけられた**音の響きに従っていくのさ、決してアブストラクトな知識に従ってじゃないんだ」と。

老齢となった巨匠のヴェルディ【Giuseppe Verdi［1813－1901］、イタリアの作曲家】が次のように言ったとき、恐らく真実に非常に近かったと思われる。つまり「一人の人間がこのようなものの構想を練り、しかも現実化できたというのは、無理だ、とても無理だ」と言ったのだ。これと同時に、ヴァーグナーはコージマにこう打ち明けた、「メンデルスゾーンがぼくの作曲しているところを見たら、本当かよ、という顔をして頭上に両手を打ち合わすだろうよ。ぼくがどんなに不器用な奴か、誰も信じていないんだから！」

これら信じがたい相反する出来事には、ただひとつの説明しかない、その説明はあまりに途方もないものなので、事実だとして申し立てるには気が引ける。それゆえ次のような疑問形のままに私どもはとどめておこう。

このような不器用な半神とは、一種のラジオだったのか、地球外存在のパワーを伝達する媒体だったのか、と。

ヴァーグナーの神々とは、宇宙飛行士だったのだろうか。

ヴァルハラとは、宇宙ステーションであり、ヴォータン【Wotanゲルマン民族の最高神、同時にヴァーグナーがそのオペラにしきりに登場させた】がその司令官だったのだろうか。

聖盃（グラール）が生命を授ける力は、現実の銀河系内の知に根ざしているのだろうか。

うか。

ジークフリートの火を噴射するドラゴンは、ひとつの内燃機関によるミサイルだったのだろうか。

ローエングリーンは地球外の存在で、地球に降り立ち、一人の人間の女性と一緒に暮らしたのだろうか。

「ぼくにあなたは、ぼくがどういう種類の人間かなどと、訊いてはいけません」『ローエングリーン』のなかでの白鳥の騎士のこうした謎深い条件【ヴァーグナーの原作、第一幕第二場でのエルザに対するセリフをこの本文では、少し改変して引用している】は、こうした側面から観てみれば、新しいもっと深い意味を持ち出す。ローエングリーンは白鳥座からやって来たのだろうか。あるいはそのUFOは白鳥の首のような形をしていたのだろうか。ギリシア神話でもまた、ゼウスが白鳥の姿になりすましてレダに近づいているのも、ただの偶然なのか。何千もの動物が存在しているじゃないか。このふたつの場合には、なぜよりによって白鳥なのだろう。

指輪(リング)の神々の世界全体、巨人たちやアルベン【ゲルマン神話で地底に住む妖精】やヴァルキューレたち【オーディンまたはヴォータンに仕え、戦死者のなかから勇者を選び出して、乙女たちがヴァルハラに導く】、彼らすべては完全に新しい意味内容を持っている。彼らは私たちが知っている神話的な過去の伝説上の人物ではなくて、未来幻想、スター・ウォーズ〈*star wars*〉なのだ。星々の戦争なのだ。

何十億もの高額を払って宇宙を探求するために、これ以上の宇宙ロケットを私たちが発射する前に、ようやくながら私たちが動き出して、祝祭劇場の礎石の下に埋め込まれた謎深い宝箱を引き上げるべきだろう。バイロイトの指輪（リング）の背後にある秘密のヴェールを剝ぐことが、ベンゼン核（リング）の発見よりも世界を変革するだろう。

ヒットラーがバイロイトの祝祭劇場で『(ニュルンベルクの) マイスタージンガー』の演奏後に、「ここには、二十世紀の神話を手にできる鍵がある」と表明したとき、彼は存外正しかったといえるかもしれない。

ルートヴィヒ王の最終幕

König Ludwigs letzter Akt

１８８６年のプフィングステン【聖霊降臨祭〔復活祭後の50日目からの８日間、聖霊が使徒たちの上に降臨したとして、これを寿(ことほ)ぐ祭日〕】の祝日の前の木曜日の夜に、ホーエンシュヴァンガウ城では五人の男たちがテーブルを囲んで座っていた。その人たちの顎鬚(あごひげ)は、実際の年齢よりも彼らを年よりに見せていた。蠟燭の光が制服やフロックコートに落ちていて、その服装の上では勲章がキラキラ輝いた。玄関先の控えの間には、死刑執行人の助手が待たされていた。人員は四人だった。これらの人々の公式の肩書きは、「狂人の看護人」ということになっていた。不吉をもたらす鴉(からす)どものように、これらの男たちは夜の宮殿に不意に踏み込んだのだ。彼らは、内々に特別全権を帯びた国家委員会の派遣者たちだった。王に「最後の清算の方(かた)をつける」ために、送り出されてきたのだ。もちろん王の命をとり上げようというのではない、生命とはまったく違ったすべてのもの、王冠と権力が狙いだった、ということは、死よりももっと禍々しいことであり、品位と自由をとり上げようとしたのだ。王は山峡の反対側にいて、彼のお伽(とぎ)の城館ノイシュヴァンシュタインの大広間から大広間へと渡り歩いていた。ルートヴィヒ二世は、毎晩のように宏壮な夢の実現にいそしんでいた。山峡の対岸で吹き荒れ始めていた嵐のことなど、王は何ひとつ気づいていなかったのだ。

　それでもなお運命は、最後の猶予期間を王に与えた。刑執行側の錚々(そうそう)たる一行は、自分たちに時間のゆとりを与えることにしたのだ。彼らの使命のまたとない歴史的な意義に照らして、彼らは七品目の献立だとされる「国王陛下の晩餐」なるものを、何はさておき一度試食にあずかることにした。おまけに彼らは喉も潤した――これは文書によって明らかだ――14マース（マースは1リットル）と、フランスのシャンペンを十本も、王の地下倉（ケラー）から運ばせて痛飲した。これは一種の死刑執行前の最後の晩餐だが、当の科人（とがにん）ぬきのやつだった。ひょっとしたら、この際景気づけに一杯という気持もあったのかもしれない。誰にしろ、国王の前に伺候して、陛下は禁治産の世間知らずでございますので、どうか城館からゴム張りの隔離病室に所換えしてくださいませ、とへりくだってお伝えするのは、結局、毎日あるわけでない。

こうしている間にも馭者の一人が、ご主人を狙って不躾にも追い出し猟にかけたな、と嗅ぎだしていた。彼は宮殿のほうに駆けつけ、大変だと警報を発した。

こうした状況に出くわしたときに、理性的な人間なら誰でもするような反応を王は示したし、同時にそんなふうになったのを信じることができなかった。それにも拘わらず、万一をおもんぱかって城館を完全に締め切らせ、フュッセン【ノイシュヴァンシュタイン城のある一画から北に10㎞行った、フォルゲンゼー湖の近くの町】から警官隊を送り込むよう命じ、周辺の村落から消防隊を呼びよせた。時刻は夜の二時ごろだった。

もしも国家委員会のぐずぐずした態度と国王の命じ方を比較したら、「狂人」のほうが、仕事にとりかかろうとする精神病院の看護人よりも、目的意識的で、しかも首尾一貫した行動をとった、と誰しもが思わざるを得なかっただろう。

国家委員会が朝の四時ごろようやく、ノイシュヴァンシュタイン城の表玄関に到着したとき、国王に忠誠心の篤い警察部隊が、いつでも発砲できるよう銃身を構えているのが、否応なく委員会の人たちの目に入った。高官たちは逮捕された。下男部屋の一室に押し込められ、消防隊の連中が城の中庭で樽詰めビールで自分たちの戦勝を祝うのを、彼らは窓から見守るほかなかった。ビール樽は勇敢なる戦士たちに国王が振舞ったものだ。しかしながら、祝勝会はほんの短時間だった。

ここで誰にも知っておいて頂かないといけないのは、ルートヴィヒ王は正式の王のように統治しなくなってから、かなり長期間たっていたということである。バイエルンは立憲君主制をとっていた。実際の統治者は、フォン・ルッツ男爵【Johann von Lutz［1826－1890］、1867年に法務大臣、1869年に文化大臣となり、教会に対抗し国家の最高権力を得ようとして、バイエルンの文化闘争に従事した。1880年にビスマルクによって強要され、退陣せざるを得なかった総理大臣級のプフレッチュナー Pfretzschner［1820－1901］の席を受け継ぎ、自分の死亡までその地位にとどまった】と、その内閣であった。精神科医のフォン・グッデン博士【Bernhard von Gudden［1824－1886］、地方出身ながら、いろいろの成果を上げ、ミュンヘン大学の正教授に迎えられ（1873）、フロイト以前の卓越した精神科医とされたこともあったようだ。十九世紀末の精神疾患の患者の扱いは、暴力的な拘束拘禁が普通だったらしく、医学以外の総体的な評価を得られたのかは疑問だ。この人物の性格などは、むしろ本文で充分紹介されているので、余計な解説は控えよう】のところに訪ねて行ったのも、またグッデンが国王を不治なほど気がふれている、と言明するように話をまとめたのも、フォン・ルッツだった。ところが、グッデン博士は、国王に個人的に一度も会ったこともなければ、ましてや診察したこともなかったのだ。こうした曖昧な診断結果で、国王の老齢の叔父ルーイトポルト【Karl Luitpold（1821−1912）】は、禁治産の宣告に賛成し、周りから口説かれて摂政政治を引き受けた。国家の仕事には興味を抱かず、むしろアルプス羚羊を追い回しているほうが好みのご老体は、フォン・ルッツ男爵にすべての統治問題に関し自由裁量を任せたのである。フォン・ルッツはその日のうちに、虜にされた国家委員会の人々の解放を実現させたが、その件は国王の知るところとならなかった。

その間に国王は、自分の侍従武官のアルフレート・フォン・デュルクハイム【Alfred Eckbrecht von Dürckheim-Montmartin［1850−1912］、バイエルン王の侍従武官となったのは1883年の4月だったが、離宮リンダーホーフの差し押さえに係る密命を帯びて、1886年の冬に、ビスマルク宛の信書を携行のうえルートヴィヒによって派遣されたことがある。この一件が巡り巡って、ルートヴィヒの責任能力批判や禁治産措置に誘導されることになり、デュルクハイム自身も罪に問われ逮捕されたが、ルートヴィヒの死後の1886年6月15日に無罪放免された】を電報で呼び寄せるように命じた。この武官は後日そのときのことをこう述懐した、「陛下は私を非常に親しく迎えてくれました。陛下がおっしゃいましたのは、『余は今困った状態にいるので、助け出してくれ。夜に突然知らせがあって、起こされたんだがね、数人のお偉方がやって来て、余を無理やり連れ出す、と言ってね。もちろん余は、彼らを城のなかに入れずに、彼らを拘束するように命じたんだ。余をどうするつもりなんだろう。誰も余を狂人のように扱えないはずなんだがね』というお言葉でした」と。デュルクハイム伯（侍従武官）が国王に、閣議が陛下を禁治産者に指定したことは確かです、と認めたとき、ルートヴィヒは即効性のある毒薬を渡してくれ、と彼に頼んだ。デュルクハイムは国王に、逃げるようになさったらと説得した。「あなたの後ろには民衆が控えています、陛下」と。

国王は応じた。「逃げるだって？　余が？　王たる者が？　なぜだ。どこへ行けというのだ」

フォン・ルッツとその閣僚たちは、時間が自分らに不利に働く、ということに気づいていた。彼らはその日のうちに、新たな収監委員会を繰り出した、今回は医師たちと看護人たちだけからなる一団だった。真夜中をまわるころ、その一団がノイシュヴァンシュタインに到着した。フォン・グッデンの助手のミュラー博士は、その回想録でこう述べていた、「精神病院の看護人たちは、上からやって来たかと思えば、下からもやって来た、狂人の逃げ道を断ち切ったのだ。見るもすばしっこい動きで、彼らは国王の腕をつかんだ。フォン・グッデン博士は国王に説明申し上げた、四人の精神科医があなたを狂人だ、と診断したのですよ、とね。国王はそれに対してこう答えた、『どうやって君は余を精神病患者だ、と認定できるんだね。君は余に会ったこともなければ、診察もしたこともなかったろう』とね」

国王は少しも抵抗しなかったにも拘わらず、まるで暴れまわる狂乱者を扱うように四人の看護人に押さえ込まれ、拘引されて行った。このとき以来、国王は功名心をあげたい一人の精神科医の捕囚となったわけだが、医者のほうは、かつてなかったほどのこの大成功を、まるでわがことの勝利のごとく味わっていた。

内側からは開け閉めできないようにした馬車に乗せられて、国王はシュタルンベルク湖【バイエルンの首都ミュンヘンから南西に30㎞ほどのところにある。その湖と同名の町シュタルンベルクからおよそ10㎞東岸を下ったところに、ベルクがある】の岸辺にある離宮地ベルクに向け移送された。ゼースハオプト(Seeshaupt)【シュタルンベルク湖の南端の町。テキストではゼーハオプト(Seehaupt)となっているが、地名の[s]の部分を落とした誤記である】の宿駅で馬の交替をした。国王は一杯の水を所望した。水を渡してくれた宿駅の女駅長に、国王はこう言った、「こんな辱めには堪えられん」

6月12日、ちょうど聖霊降臨祭の土曜日、昼をちょっとすぎた頃、この護送車は離宮ベルクに到着したが、そこは大急ぎで精神病院に模様替えされていた。窓には格子が張り巡らされていた。ドアというドアは把手がはずされ、いくつか覗き穴がつけられていた。ひっきりなしに国王は見張られた。人怖じするこの君主は顔を両手で覆った、「余は見世物小屋に入れられた野獣か」と、国王は質した。

真夜中ごろ、国王は起きようとしたとき——彼は数年来、夜の人間となっていた——、周りにいた人たちが着衣を渡すのをこばんだ。助け舟を出す人とてなく、身を凍えさせ、子供のようにシャツのまま、あちこち走りまわった。当直の看護人は国王に教え諭した、「すべてのきちんとした人たちと変わらず、陛下も夜には眠るようにしつけられねばねぇ」と。

医学は、国王を実験動物におとしめてしまった。

翌日、フォン・グッデン博士は散歩に出るよう指示した。誰もわれわれについてきてはいけない、と彼は念を押した。彼の助手役のミュラー博士は、この異様な単独行動について、数年たったのちまでも訝しく思っていた、というのもそれはどんな規則や内規にも違反していたからだ。

そういうふうに、不運というものはそれなりの成り行きをたどった。

国王と付き添いに当たった医師が戻ってこなかったとき、人々は彼らを捜した。松明の明かりを頼りにして、人々は湖の浅瀬のところに二人の死体を見つけた、岸辺から数歩も離れていなかった。それ以降、歴史家や学者、それに素人探偵が次の点について頭を悩ませている。つまり、1886年のあの聖霊降臨祭の日曜日、シュタルンベルク湖の岸辺で果たして何が出来したのだろうか、と。このような国王の死亡事件のあとでは、そうとしかならないと予想された通り、間もなく剣の一刺し伝説の類がわんさと続出したのだ。

そういうときに、次のような噂が出まわった、ルートヴィヒ王は彼に忠誠なるバイエルンの家臣たちによる奪還行動が起こっていたので、帝国宰相オットー・フォン・ビスマルクが放った秘密警察の一員によって、背後から狙撃されたのだ、と。王に信奉を寄せたバイエルンの人たちにより、現代まで擁護されたこの通説は、おそらく最も容易に論破することができるだろう。ビスマルクは、ルートヴィヒがもっと生き延びることに関心があったばかりでなく、自分の思い通りに事が運んでいたら、ルートヴィヒが再び王座に就く姿を見て、大いに喜んだだろう。その理由は、ビスマルクが怖れていたのが、「南における無政府状態」だったのであり、ひょっとしたらバイエルン共和国が生まれやしないか、とすら思っていたからだ。「どうして精神科医どもが、国王たるものを片づけることができるのだ」というビスマルクの言葉は、プロイセン帝国宰相がこの不運な国王に対して、バイエルンの閣僚たちよりも、もっとずっと理解を寄せていたことを示している。もしも、このような卑劣に狙い撃ちされた銃創が実際に発見されでもしたら、むしろバイエルンの分離主義者たちによって、プロイセンに不利に働くよう利用されただろう、としたほうがよっぽど真っ当だったろう。

もうひとつ別の風説はこういっている、国王はバイエルンの一警官によって、逃げる途中あやまって射殺されたのだ、と。しかもこういう場合だから、切羽詰まってやってしまった事柄を内々で隠蔽しようと、あらゆることがなされたのだ、とも。このうっかり事故説もまた、たやすく覆（くつがえ）すことができる。国王は、侍従武官の脱走の提案を押し返した。逃亡なんていうことは、彼、国王にとっては、現実性の範囲外にあった。人怖じする変わり者だから、自分の城館の部屋にこもって、信頼の持てる者たちに囲まれていたいし、ただ夜だけは人に見られずに済むものだから外出するわけだ。このような変人は、見ず知らずの周囲に囲まれ、この先どうなるかも不安定な未来のなかなんかには、逃げて行かないものだ。彼にとってただ一つの遁走がある、つまり死への遁走である。フォン・デュルクハイム伯の書き残した記録から読みとれるように、国王は彼に毒薬をせがんでいた。

さて、こんな点を押さえていくと、われわれの物語の悲劇的な終幕へと近づきつつある。大抵の史家たちは、この拘束された国王が散歩中に逃走を試みたのだ、と主張している（どこへの逃走なのだろう）。もしくは自分から自死するために、湖水のなかに走ったとでも、（しかしどのようにして。ルートヴィヒはなかなかの泳ぎ手だった）。フォン・グッデン博士は逃走者のあとを追いかけた、二人で取っ組み合いになった、国王が精神科医を溺死させた、そのとき国王は卒中に見舞われた、という話なのだ。この最後の議論はあまりに見え透いていて、どんな状況証拠を組み立てても、立証成功もおぼつかないだろう。この二人の男の写真を互いに見較べると、フォン・グッデン博士ははるかに力強そうだ。むくんで病持ちのような国王は、そばに並べて見ても、まるでブルドッグのそばに置かれた抱き犬みたいな印象だ。数年前から、もう国王は馬で外出したことがない。散歩に出るのも億劫がった。大概の時間、寝椅子に横になって過ごしていた。それほど体力もなく、体も重々しげで、階段を上るにも押しささえる必要があった。こんなやわな男がフォン・グッデンのような男を、取っ組み合いの末に素手で殺したということであれば、その辺を思い描くのに相当の幻想力を駆使しなければいけない、しかも——なんという信じられない恩寵だろう！——立ちまわりが終わったあと、心臓発作を起こして救われるという幕引きなんだから。こんな真似のできない頓死だなんて、普通の場合はオペラの舞台でしかお目にかかれない。そして事実、ルートヴィヒの死は、舞台効果よろしくアレンジされているかのように見えるので、本当はわれわれをぎょっとさせてしまうだろう。よい演出というものは、決して偶然の産物なんかではない。それには精励恪勤と理解力と、それに幻想を要する、けれども何よりも一番に必要なのは才能ということになるが、ルートヴィヒはほかの誰もが持てないような才能を具えていた。国王は秀抜な劇作の鬼才だった。彼の造営したいくつもの城郭は、いずれも古典的な意味での建造物ではない、むしろ映画や演劇の書割だった。彼はそこに住むために城を構想したのでなくて、舞台の情景効果をどうあげるかというためだったのだ。設計者やデザイナーは、大多数が建築家ではなく、舞台装置家とか室内装飾家だった。中世風で、アラビア趣味で、ときには支那式といった建築様式にあやかったこれらの城々に対して、ルートヴィヒはそれぞれ一定の興趣を持っていることを見せつけたのだ、あたかも自分の舞台づくりに対する演出家のように。彼は書割を完成させ、ショーを楽しみ、次なる効果づくりに取り組んだ。彼のタンホイザーの岩窟や妖精のいる洞窟、聖盃の城や魔法庭園などは、はっと目を瞠らせる映画の書割に近く早期の先駆的な試みだった、これこそ半世紀後にハリウッドで始められることになったものだ。こんな説明をしているからといって、何も表面的な比較を問題にしているのでないのは、次の事実からも認められるだろう、すなわち離宮リンダーホーフ城【バイエルンのオーバーアマガウ山地のガルミッシュ・パルテンキルヘの北西、エッタールという辺邑の地に1870－1878年の間に建てられた。ロココ様式の庭園付きの瀟洒な城館】の人工洞窟には、映画の投影効果を狙って初めて電燈が利用されたのだ。

それどころか、ルートヴィヒはただの演出家の鬼才でおさまらない、同時にショーの才腕に対するまっとうな本能も持っていた。それがなければ、リヒァルト・ヴァーグナーは田舎臭いままで才能が伸びなかっただろう。『ニーベルンゲンの指輪』も、ましてやバイロイトも存在しなかったかもしれない。ルートヴィヒはただハリウッド風の夢想工場の精神的な父であったばかりでなく、さらには演劇芸術なるものを映画館方式で消費した（見て娯しんだ）最初の人でもあった。普通の場合だったら、見物人のいない芝居は考えられないものである。芝居は大勢の拍手とか、華やかな衣装とか、見たり見られたりで活かされているものだ。映画館だと、観客が暗闇で個別に座っている。映画やテレビは、たった一人しかいなくても、見ている人が誰もいなくても動いている。そういうこととほとんど同じく、ルートヴィヒは芝居を体験したのだ。オペラやバレエの二百以上もの上演が、ひたすら国王のためにだけ演じられたのだ。映画の観客やテレビ視聴者のように、国王はたった独りきりですべての外光を遮断した特設室に座ったのだ。

こうした人物が、二世代後になってもまだ生きていたとしたら、お偉方の一人として映画史に残っただろうことは、まったく疑いようもない、たとえばウォルト・ディズニーとか、メトロ＝ゴールドウィン＝メイヤー会社のように。

演出効果にかけては図抜けていると同時に、超鋭敏な感性を持ったショーの才人ならば、自分から無意味な遁走をして幼稚な殴り合いを惹き起こし、その犠牲になって命は落とさないもるだろう。

のだ。何の疑念もないことだ。そういう人物は、人生の舞台からもっとましな退場の仕方をするだろう。

どんなに必死に国王がそう考えていたか、不名誉な拘留の間じゅうの国王の態度から見てとれる。絶望感に陥り、彼の城のうちでも一番高い塔から飛びこんだらどうだろうか、と思案してみた。しかしすぐにまた、この案を撤回した。五体がめちゃめちゃになり、ふた目と見られぬ外見のまま棺に納められるのか、と考えただけで国王はぞっとしたからだ。彼を悩ませたのは、死なのではなくて、素人くさい人生からの退去だった。リヒァルト・ヴァーグナーを相手に、国王はある話のついでにこう言ったことがある。「悲劇というものの出来不出来は、その主人公の最期いかんによる」と。

われわれは、われらが主人公の最期を見てみよう。

フォン・デュルクハイム伯の手記から知られるように、国王は伯に薬物を手渡すよう懇願した。デュルクハイムはこの無理な注文を「怒って」はねつけた、そういうふうにその手記には書かれている。もっと別の言い方だって書けただろう。ところがこの否定の強調の仕方こそ、かえってデュルクハイムを疑わしくさせている。怒ってはねつけるなんていうことは、政治家や将校たちが書類では言い切っておきながら、まるっきり背反する行動に出るときのお定まりの常套手段ですらある。

フォン・デュルクハイムは、もしも彼が大変苦境にあった国王に手をさし伸べなかったのだとしたら、その官位とその爵位にふさわしいほどの、国王付き侍従武官といえなかったかもしれない。なぜ侍従武官が、名誉を踏みにじられて禁治産者とされた国王に拒絶することがあっただろう。三世代後のことながら、アメリカの一将校ですら、敵方だったナチの帝国元帥に全然こばまなかったことなのに。歴史の舞台からの人間尊厳を重んじた退去ともいえたのだから。

フォン・デュルクハイムは、国王に毒薬を渡したのだ。

ただ、そうとるときのみ、次に起こったことが容認される意味をもち得ている。ルートヴィヒは死への秘薬を、ここぞと思う瞬間に舞台効果を発揮するために、隠し持ったのだ。もちろんここでこんな疑問が浮上する、国王の監視人に見つからないように、薬物をそんなふうに隠して持ち歩くことが、どだい囚われ人に可能だったかどうかという疑問である。誰もが国王から着ているものを全部はぎ取って、新しい衣類に着替えさせなかったのだろうか。ルートヴィヒは旅行鞄もなしで手ぶらで別荘地ベルクに連れて来られた。それじゃ、いったいどこに薬物を隠したというのだろう。

あれこれの憶測は控えよう。伝えられてきた事実だけを根拠にしよう。ミュラー博士はその書きつけのなかで、国王は最後の散歩に出る前に、ステッキを取りにもう一度引き返した、と回想している。このことには、別段いつもと違うところは見られなかった。それには理由がある。前世紀の後半では帽子とステッキは、紳士の外出にはワンセットのように結びついていたからである。しかしながら、この一件の珍妙なところは、国王のステッキがのちになっても二度と発見されなかったことである。このジグソーパズルの嵌め絵部分は、われわれの行動再構成に合致する。なぜかというと、毒薬はステッキのなかに見出されたからだ。

ルートヴィヒは、ステッキの一大コレクションを所有していた、どっしりしたタイプや中空にしたタイプの散歩用のもの、ほかに持ち手が銀の金具や真珠貝の装飾のついたのやらもあった。今日でもそれを目にしたら、誰もが感嘆の声を発するかもしれない。

結局はステッキも帽子もちゃんとひと揃えで持ち、二人の男たちは湖のほうに降りて行った。二人のピカピカの靴の下では、砂利道がきしみ鳴った。彼らにとっては重要な瞬間だった。フォン・グッデン博士は、この場の力を握っているのが自分だということを楽しんだ、ほんの二、三日前だったら、大勢を謁見する場で国王に迎えられるはずも決してなかっただろうが、今や国王の監督は彼に任されていたのだ。

ルートヴィヒ王は、この外出から帰れないかもしれない、と悟っていた。悲劇の最終幕がもう巻き上げられてしまった。ルートヴィヒその人が、劇の監督をしていたのだ。爽快な聖霊降臨祭の緑がきらびやかに萌え出したが、その背後には雨もよいの暗い雲が忍び出してきた。それよりも一段と黒ずみ、そよとの動きも見せず、湖は人身御供がないものかと待ち望んでいた。それこそ、『ローエングリーン』の大団円のような一幕だった。白鳥の騎士は、去らねばならなかった。ルートヴィヒは、運命に従ってしまおうとしているように見えたし、屈託なく、ほとんど上機嫌のように医者と並んで歩いた。

フォン・グッデン博士は、すすんで自分から騙されておこうとしていた。惚れ心だけが人を盲目にするわけでない、達成感だって盲目にするものだ。あれだけかけ離れた二人がどんなことを話題にしていたのか、われわれには伝わっていない。けれども、われわれがそれを知っていたところで、きっとここで触れるに値しないだろう。多分、表面的なお世辞とか、うわべの取り繕いとか、二の次のどうでもいいことだろう。

ある曲がり道のところで国王は、ズボンの前開きをあけた。彼は一本の木の蔭に入った。フォン・グッデンは寛いだ歩き方で少し前をぶらついていた（国王が放尿しているときにいったい誰が監視しているだろう）。ルートヴィヒはステッキから毒物をとり出し、フォン・グッデンが前に手渡してよこした薬品のなかに、それを振りこんだ。それから彼らは一緒に散策をつづけた。

（国王が歩みを止めて、ズボンの前を開け木蔭の後ろに入ったなんて、どうして私が知っているのか、だって？ そうさね、自分の監視人を二、三分でも振り切ろうとしたら、このほかにルートヴィヒには可能性はなかったからさ）

あとになって国王は、フォン・グッデン博士が彼のために処方した薬剤に話題を向けた。国王は、すでにベルクの館で証人もいる前で強く語ったことを、またも繰り返したのだろう、「余はどんな種類の薬もはねつけようと思う。誰かが余を毒殺しようとしている」と。

フォン・グッデン博士は国王に対して、前夜と同じく反論したのだろう、「わたしどもは陛下の最善を願っているのですぞ、陛下」と。

ルートヴィヒは、マントのポケットからスプーンを添えて滴剤を取り出した。「証明してくれたまえ」と王は迫った。

「何を陛下に証明せよ、とおっしゃるので？」

「余の目の前でこのチンキ剤をスプーン一杯分飲んでみたまえ。拒否するつもりかね。そうに決まっている、はねつけるんだろう。これを見て後込(しりご)みしているじゃないか、そのわけは、これが毒薬だからな」

（ここでもまた批判的な読者は、そうだったなんて、どんな根拠から私が知ったと言い張るのか、と異を唱えるかもしれない。証人は皆無だ。ここでも論理が私の証人なのだ。ほかにどうしたら、ルートヴィヒが医者に毒薬を含ませることができただろう）

「どうしてそんな物騒なことを、陛下は主張できるんですか」と、グッデン博士は興奮して叫んだ。「陛下の精神は混乱しているのです。あなたは病気なんです。わたしが陛下のお手伝いをします」

「そのことを証明してみせてくれ」と国王は言った。

フォン・グッデン博士は歩みを止めていた。彼は薬壜のほうに手を伸ばした。一滴一滴スプーンを満たした。

「毒薬だ」とルートヴィヒは念を押した。

得意げな笑みが、フォン・グッデン博士の顔にさっと浮かんだ。彼はスプーンを唇の辺りに運んだ。二人の目が合った。「見ておけよ、この馬鹿もんが」医師の両眼はそう語っていた。「お前がどんだけ病気なのか、証明して進ぜよう」と暗黙のうちに言っていた。次の瞬間その両眼は、どうしてこうなるのだという吃驚のあまり、呼吸困難のあまり、さらには驚愕のあまり、かっと見開かれた。彼は両手を首のあたりに回した。ワイシャツのカラーを裂き破った。「毒だ」とうめいた、「毒だ」

「余はそれに気づいていた」と国王は言った。

「それにしてもどうして」死に行く者は声をもつれさせた。「どうしてだ」それから彼は地面に転がった。

大変な苦労をして国王は、自分の監視人をなんとか湖に引っ張り込むことができた。むかむかして、その相手を蹴飛ばした。「国王である余を気が触れている、とよくもぬけぬけと宣告しやがって、こいつは何という嫌なやつだったろう」

ルートヴィヒは、空になった毒薬の小壜を銀細工であしらった空洞のステッキに押し込み、そのステッキを湖のほうに抛り投げた。湖水の波がステッキを引きさらった。いつの日にかステッキは、破損して浸水した船のように、たらふく水をのんで汚泥のなかに沈むだろう。

国王は胸まで湖水に浸かっていた。寒さは感じなかった。遠くで一羽の白鳥が驚いて飛び立ったのを聞いた。風は音楽で一杯だった、「タンホイザー」、「ローエングリーン」、「パルジファル」と次から次へ。

彼の唇は聖盃を求めた。

それから彼は死んだ、不滅にならんがために。

彼の日誌にはこういう一節が記されている。「余は余にとってと同じく、ほかの人間たちにとっても謎になるつもりだ」と。この文章にはなにも続きがなかった。


ルートヴィヒ王は殺害されたのではなかった。彼は殺人者でもなかった。自殺者なんかでは決してなかった。公権により狂人と宣告された人間は、その行為の責任が問われるわけにはいかない。その犠牲となった者は、相手を禁治産と断じ、それと同時に相手を無罪放免にしたものだ。

“Luthers Floh” のあとがき

訳者がこの作家に初めて出遭ったのは、もちろん日本語に訳されたほかの書籍を通じてである。例を挙げれば『まさかの結末』（扶桑社）とか、『大作曲家の死因を探る』（音楽之友社）とかといった本である。なかなか着眼点が面白いばかりでなく、短くきりりと締めた書きぶりに感銘したものである。そのうちドイツの出版社Diogenes（ディオゲネス）社から、ほかにも沢山いろいろの種類の作品を出していることを知り、友人たちの間で読み合っているうち、作品としての構成から思想的骨格にいたるまで、滑稽味のあるなかになかなか重々しい品格のあるものを、しかも短編としてまとまりのあるものに仕上げているね、と話し合っていたものである。もちろん他にもいろいろの長編小説を書いていることも、大分たってから知るようになったわけだが。

文学にも衣装と同じくやはりはやりすたりがあって、本当はそうあって欲しくないところもあるのだが、時代、時代によって生々流転し、どうしても流行現象が出てくるものらしく、大きい目で見ればそれもひとつの自然の習いということになるのだろうが、若い人たちはその風潮に動かされやすい。別種の世界、違った宇宙に遊んでみたい気持も、それはそれで理解できるところもあるが、ただ移り気に引きずられどおしで終わってしまったら、どんな作品を鑑賞するにしても焦点を見失い、周囲の世界がぼやけてしまいそうになる。やはり手にとる作品などが何を訴えかけようとしているのか、もう少しじっくり味わって読んで欲しい気がする。たとえミステリーと銘打ってあろうとも、その名目に値するものかどうかは、また別の問題だからである。現代ではミステリーがひとつのブームになっているからといって、呼び込み屋に釣られて付和雷同の動きはしてほしくないなあ、と思う。

例えば、上に挙げた二冊の数少ない翻訳でも、面白いことに符牒を合わせたかのように二冊が二冊とも、ミステリーという惹句を添えていたが、原作者がそういう言葉を使っていたかどうかはともかく、いや、むしろその本がミステリーを主題にしていればいる程、やたらにそんな言葉を囃し立てないほうが望ましい。なにかミステリーに非ずんば、文学に非ずといったご時勢のお神輿(みこし)担(かつ)ぎは避けて、逆に時代の流行には乗らず、反時代的な抵抗の姿勢をひっそり抱いてほしいからだ。何も偉そうに格好をつけるわけではない。単なる翻訳、横文字を縦文字に直すだけのことじゃないか、といわれそうだが、それが必ずしも単純明快なものではなくて、日本語で書く場合を想定してみればわかるように、もうそれだけでも結構、複雑難解な問題が出てくるものだ。言葉ひとつを選ぶにしても、なぜそういう言葉を選んだのか分からないときがある。言葉には人の感慨と歴史がこめられており、表現する側にもそのときどきの感興と体験をこめたいわけだから、そう簡単なことでない。そこには、先ほどのことにかこつけていえば、一種のミステリーが働いているともいえるかもしれない。

風土も習俗も異なる原作者の考え方をいわば代弁する役割を担うわけだから、単に言語としての異なりに習熟すればいいということにはならない。なにも思想的に難しくて大事な作品のことばかりをいっているのではない。特に翻訳の場合には原作者と読者の間に立って原作者の感慨をよりよく伝えることに意味があるわけだから、原作者に対する敬意なり親近感を持つことがまず第一であるにしても、ときによっては厳しい批評家の目で見つめ直さなければならない。そんなときのために、心のどこかには世の趨勢とは異なる一線を画す気構えを持ってほしいのだ。あるときには気づかずに見逃している場合もあるので、のほほんとばかりしていられない。ただ訳せばいいんだではなくて、原作者が作品として書くにいたった意味を推し量らないといけない。二冊の翻訳を読んでそういう感慨にとらえられ、もの寂しい感じがした。

「ルターの蚤」は題名からしていかにも意表をついたもののようにみえる。まさに小さな昆虫の死骸の話から、ほとんど誰もが承知の宗教改革を成し遂げたルターの内実に迫った作品だが、十二のそれぞれ性質の違う短編の底に共通して流れている基本思想なるものを感じとって、原作者は各短編の代表的主題として選んだようだ。つまり、小さなもの、目にさえ見えぬものであるがために、わずかに矮小であり卑小にすぎて、人間が小馬鹿にしたり無視したりするような存在が、かえって世界史的な大きな出来事を引き動かすこともある。まさに現在のコロナ事象を体験している読者なら、身に沁みて理解してもらえることだろう。そういう類のことが、これらの短編のあちこちに描かれている。いや、訳者の私がここで誇大な空念仏を唱えているわけでなくて、仔細に読んでくれた読者にはもうピーンと来ていることだろう。原作者は確かにひとつの短編のなかではっきり言葉として発している。この本の半分も読み進んだところで、こう喝破しているのだ。「カーライルが信じたように、『偉大な人間が歴史を作る』のではなくて、微小なバクテリアやウイルスが作るのだ。ヨーロッパの新時代も、ペストの猛威とともに始まるわけである。僅少の遺伝子欠損がわれわれの地球を、世界大戦よりも決定的に変えるのである」(本著の83頁、あいにくにも「ルターの蚤」ではなく、「物質としてのマルクス」のなかに論じられている。ご参照ください)とね。

ナポレオンやヘミングウェイなど、それぞれ有名な「偉人」が登場するわけだが、作者、E・W・ハイネの狙いはただの偉人伝というところにはないし、偉いなとか強いなとかという話は、一向に強調されていない。もちろんこの二人の場合には、それぞれその死を迎える最期の話なのだから、哀惜さるべき人物像となっているが、例えば「鉄製の腕をしたカメレオン」の主人公、ゲッツ・フォン・ベルリヒンゲンにいたっては、別に偉人として登場したわけではない。日本の読者にしてみれば誰のことかもほとんど知られていないし、ゲーテの作中人物と聞いたところで、そのゲーテすら知らないかもしれない。どんな立派な業績を残したかもわからぬただの騎士に他ならない。何か模範や教訓をもたらしてくれる偉人どころか、むしろ狡賢く立ち回っては、人の裏をかいて生き延びた平々凡々たる中世の田舎騎士は、ほろ苦くてもの悲しい実態をさらけ出していることになる。とどのつまりは、この作者の場合は事実に徹することをひとつの指針としているだけに、どんな伝記を書こうが「偉人伝」ではなくなる。むしろそのアンチテーゼとして描かれ、それも揶揄的な悲喜劇になってしまう。「穢れなき懐妊」で論じられている聖母マリアも、否定的な構造を持たざるを得なくなっている。自然科学の法則が絶対的な真理と謳っている限り、聖女マリアからイエス・キリストが生まれたのだとしても、キリストは普通の人間と同じく成育したはずだということになって、キリスト教信仰に凝り固まった人に言わせればひとつの冒涜、いやそれどころか無神論になってしまう。ハイネは宗教的な妄信に一矢を報いたのだ。

思いつくままいくつかの短編をとり上げ、ハイネ作品の特徴的な基本構造を紹介した。あとのひとつひとつの短編の批評は、読者の個々の読後感におまかせしよう。

ところでこの原作者のハイネは、どういう人物なのだろう。紹介しようと思って普通の文学辞典を繙いても載っておらず、新しい文学辞典にも見つからず、担当編集者に尋ねられてもすぐお応えできかねて大いに往生した覚えがある。後でわかるように、建築畑で働いていた異色の出身で、いわば文学者としての出発が遅かった事情によるものと思われるが、蛇足ながらつけ加えれば謙虚で遠慮深い性格にもよるものだろう。いわゆるグーグルで検索して、初めてこの作家のウェブサイトを探し当てたということになり、ここでの資料紹介もそれに倣うだけである。いわば作者自身の自己紹介とお考え頂きたい。

☑概略

Ernst Wilhelm Heine（エルンスト・ヴィルヘルム・ハイネ）は１９４０年にベルリーンに生まれる。１９３５年生まれとしているものがあるが、間違いなので訂正しておきたい。E. W. Heine はドイツの建築士であり、著述家である。10年以上も南アフリカやサウジアラビアで建築家として働く。昨今はバイエルンの自由作家として生活している。E. W. Heine はイラストレーターの Helme Heine の兄である。

☑略歴

ブラウンシュヴァイクの技術大学で１９６４年まで建築学と都市計画学を勉学する。卒業後、工学ディプローム（Dipl.-Ing.）「工学博士」として母校のＴＵの Herrenberger（ヘレンベルガー）教授のもとで助手を務める。１９６８年に南アフリカのヨハネスブルグに赴き、そこで建築士として働く。彼自身の経営会社を１９７３年にヨハネスブルグに開設。

Heine の文学活動は、月刊誌 *Sauerkraut*（ザウアークラウト）の１９７４年の発刊をもって始まる。同年、月刊誌と同名の政治的文学的寄席（カバレット）を創設。１９７８年は彼のドイツ帰国の年だった。ラジオ放送のために数本のラジオドラマを書き、複数の講演会を開いた。同年、「本業」として、サウジアラビアのアル・コバール郊外の衛星都市建設に当たって、そのプロジェクトの責任監事者となった。１９８２年からは彼はシュトゥットガルトの技術者審議会の建築部門の主幹となり、１９８４年から１９８６年までサウジアラビア政府の技術面のアドバイザーとして活動した。１９８６年からは最終的に著述家として活躍している。

☑作品

著者は建築家としての本業をつとめているかたわら、すでに二、三の物語や著作に手を染めていた。しかし、Ernst Wilhelm Heineは奇矯で戦慄のショート・ショート集である*An Bord der Titanic*『タイタニック号の乗船』（１９９３）の発表で初めて成功をかち得、世に知られるようになった。ハイネのショートストーリーものと呼ばれた彼のKille–Kille–Geschichtenは、ドイツではファンの間で崇敬を受ける地位にまで達した。彼は歴史フィクションの*Das Halsband der Taube*『鳩の首輪』（１９９４）の刊行以来、ますます人気上昇の大衆作家と認知された。この作品は、売れに売れてブームを呼び込んだ彼の最初の長編小説である。

（これ以降の表題は訳さずに原題のまま抜萃して記載しておく。紹介者が未読で熟さぬ邦題を並べて、珍妙な誤解への誘導を避けたいためである）

◆ 短編

Die Rache der Kälber (1979)

Nur wer träumt ist frei (1982)

Kille Kille (1983)

Wer ermordete Mozart—Wer enthauptete Haydn (1983)

Hackepeter (1984)

New York liegt im Neandertal (1984)

Wie starb Wagner—Was geschah mit Glennn Miller (1985)

Kuck Kuck (1985)

Der neue Nomade (1986)

Luthers Floh (1987)

Das Glasauge (1992 Neuauflage von *Die Rache der Kälber*)

An Bord der Titanic (1992)

Noah & Co (1995)

Öl ist ein ganz besonderer Saft (1999)

Kinkerlitzchen (2001)

Kille Kille—Makabre Geschichten (2002, Neuauflage von *Kille Kille*)

Ruhe Sanft (2004)

◆長編小説

Toppler, ein Mord im Mittelalter (1989)
Der Halsband der Taube (1994)
Brüsseler Spitzen (1999)
Der Flug des Feuervogels (2000)
Der Raben von Carcassonne (2003)
Paperverа—Der Ring des Kreuzritters (2006)

もちろん、ラジオ媒体などでの発表などもあるが、そうした類のものを省けば大体上のとおりである。

これだけたくさんの発表をしており、アフリカやサウジアラビアなどでの異質な経験も豊富な作家であるからには、訳者が未読の作品のなかにもこの「ルターの蚤」以上に有意義で面白い作品がありそうに思える。若い読者のなかにどしどし訳してみたいという希望者が現れることを期待したい。

同じくウェブサイトに「わが身上について」と題する一文があり、作者の人となりを知る上ではこちらのほうが読者には伝わりやすいと思うので、紹介しておこう。

大抵の人たちは本当に退屈な生活を送っているのだろう。そうした生活を人真似して描くつもりは、私にはない。私が試みたいのは、その暮らしを新たにアレンジし、もっと興味深く、もっとエキサイティングに、そしてもっと不意打ちを喰わせるようにドラマ化することだ。効果が私にとって現実性よりも重要なのだ。行動が私にとっては知的な抽象性よりも意味重大なのだ。現実性はそれなりの限界を持つ。幻想には阻むものがない。私は千一夜物語（アラビアンナイト）の洗練されたシェヘラザードの崇敬者の一人である。なにしろ、退屈させること抜きで物語らなければ、死を免れなかったからである。

「今日なる日がお前の最期となる日であるかのように生きよ！」という一文を私は信じていない。私は眼前にまだ百年もあるかのように生きている。私は若くなるために長年を費やした。

私は私の本で愚者を賢明にしようとは思わない、むしろ賢い者たちを思慮深くしたい。そのために、一般に読者が読み飛ばす箇所は、省いてしまおうと努めている。

◆私がしたくないこと

クリスマスの祭りのお祝い、世界戦争、ネクタイと行列に立ち並ぶこと、教師と女権拡張者。お役所仕事全般、税務署から戸籍係まで、鎖（チェーン）はどんな形のものであれご免だ、チェーンスモーカーまでも、集団で群れる人はどんな人でも、街路だろうと自家用車に乗っていようと。

◆私が好きなもの

ヌーデルスープとノーベル賞、エリートというエリートたち、ベッドのなかだろうが、ワインケラーにいようが、それとも書棚のところにいようが。物書きに熱中することからスキーをすべることにいたるまでの創造的な暇つぶし。

読書については神を崇めるがごとく、税金については忘却のかなた。

Nie verlegen（住まいは移らぬことだが）、Verger（出版屋さん）はいつでも歓迎。

高齢になるまで頭脳とホーデンには頼り切り、一冊のよい本を膝にのっけて揺り椅子にもたれて穏やかな永眠につきたい。

前のところで、作者のことは何も知らずに文学辞典をあさってみたと書いたが、作者のことは何も知らないでよく翻訳する気が起こったね、と嘲笑気味に訊かれたことがある。そう質問する人は多分に固定観念を持っているものと思われる。訳者に言わせれば、作品がすべてである。作品の価値は作品自体で決まるのであって、作品の外にある諸々はあまり大きな比重を成さないと思うし、妙な先入観を植えつけられた日には訳にまで影響を与える危惧がある。訳者はおのれの価値評価を信じて邁進すべきだろう。しかし、一方で作者の経歴や性格は作品の性質と一体的なもので、おのずと作品に反映されるものだということを充分に把握しておかなければならない。「マルサーラの豚」の一節には、何気なくマックス・プランク研究所に勤務していたらしい文章がお目見えする。このことはハイネの経歴書には見えない。「ルターの蚤」のなかでもエイコサペンタエン酸などと、特殊な医学用語が登場してくる。そして一定の医学解説をしてくれている。しかもかなりな専門家はだしである。この知識はどこで得られたのだろう。また「ヴィクトリア女王の不運」では、遺伝子の突然変異の話がヴィクトリアの誕生に関連して出てくる。「穢れなき懐妊」では、まさに人間の処女生殖が作品のテーマそのものになっている。これらの知識は通り一遍の修業で身につくものではない。「レオナルドの愛の計測器」はレオナルドの天才ぶりを披瀝しているが、マドリドのナショナル図書館で見つかった妙な模写図にあった道具がレオナルドの発明品かどうか確認のため、ピカドール教授が世界中のレオナルド通のなかから四人のうちの一人として招請している。招請されるほどの泰斗（たいと）として名を馳せていたのは、いつ、どこでの鍛錬があったからなのだろうか。こうした質問を発したくなるところだが、ハイネは自分の経歴のなかで何ひとつ語っていない。作品中でも、招聘されたことだけは明かすが、「私はそのうちの一員だ」としか触れない。このことが遠慮深さという訳者の先ほどの評言に連なるが、相当に専門的な基礎知識を持っていることは確かなことなのに、ひとつの自己韜晦をきめこむ。なかなか一筋縄ではいかない謎深いお人である。

これだけ世界各地の地名やら人名、さらに事物名が出てきて、訳者を惑わすような事態が頻出したのは、やはり原作者の経験や知識の豊富なせいとしか言いようがない。特に医学用語が出てきて読者にも理解が届かなかったかもしれない。翻訳に当たっても原語を併記したりして読みづらかった点があったように思う。訳者なりにどうしても正確を期そうとしたわけだが、お赦しを願いたい。外国語の表記には難しいところがあって、原語の発音通りに書いても日本語として受け入れないものがあったりする。ワイマールやらヴァイマールは、ドイツにはなくてヴァイマルならある、と強く牽制してようやく改まったなと安心したら、いつの間にかまたぞろヴァイマールに戻っている。ベルリンが大手を振って日本中を闊歩して歩き回っているが、ベルリーンと書くと冷笑を浴びせる日本ってどんな国なんだろう。これには新聞社を筆頭にマスメディアに大いに責任があるが、一度ドイツに修学旅行に行って恥をかかないと直らないのだろうか。ゲルマニストも大きな責任があるが、世はすでにベルリンで定着していて絶対視しているのだから、文化が衰弱するのも無理がない。私は残り少ない毎日をベルリーンで押し通し、おいしい翻訳を提供したいものだ。

末尾ながら、東京図書出版の編集・校正の皆さんに細かい作業にご協力いただき、ここに心からのお礼を申し上げます。特に、原作者がまだご存命との情報をお寄せくださり、連携の労をお取りくださった和田保子さんには深甚の謝意を表します。

2020年8月　高槻にて

佐藤　恵三（さとう　けいぞう）

弘前市に生まれる（1935）
京大ドイツ語・ドイツ文学科修士課程修了（1971）
京都産業大学名誉教授

［著書］『ドイツ・オカルト事典』同学社（2002）
『スウェーデン王カール11世の幻視について』鳥影社（2018）
［訳書］H. H. エーヴェルス『蜘蛛・ミイラの花嫁』創土社（前川道介氏との共訳・1973）
G. マイリンク『緑の顔』創土社（1974）
H. H. エーヴェルス『魔法使いの弟子』創土社（1979）
G. マイリンク『西の窓の天使』上下　国書刊行会（竹内節氏との共訳・1985）
H. v. クライスト『クライスト全集』第三巻　沖積舎（1995）
H. v. クライスト『クライスト全集』第一巻　沖積舎（1998）
H. v. クライスト『クライスト全集』第二巻　沖積舎（2005）
H. v. クライスト『クライスト全集』第四巻（別巻）沖積舎（2008）

ルターの蚤

2020年9月26日　初版第1刷発行

著　　者　E. W. Heine
訳　　者　佐藤恵三
発 行 者　中田典昭
発 行 所　東京図書出版
発行発売　株式会社 リフレ出版
〒113-0021　東京都文京区本駒込 3-10-4
電話 (03)3823-9171　FAX 0120-41-8080
印　　刷　株式会社 ブレイン

ISBN978-4-86641-322-8 C0097
Printed in Japan 2020